AS CRIANÇAS DE HIMMLER

CAROLINE DE MULDER
AS CRIANÇAS DE HIMMLER

Tradução de
Ivone Benedetti

1ª edição

EDITORA RECORD
RIO DE JANEIRO • SÃO PAULO
2025

CIP-BRASIL. CATALOGAÇÃO NA PUBLICAÇÃO
SINDICATO NACIONAL DOS EDITORES DE LIVROS, RJ

D32c

De Mulder, Caroline, 1976-
As crianças de Himmler / Caroline De Mulder; tradução Ivone Benedetti. – 1. ed. – Rio de Janeiro: Record, 2025.

Tradução de: La pouponnière d'Himmler
ISBN 978-85-01-92352-3

1. Ficção belga. I. Benedetti, Ivone. II. Título.

CDD: B843
25-96676.0
CDU: 82-3(493)

Meri Gleice Rodrigues de Souza – Bibliotecária – CRB-7/6439

Título original: La pouponnière d'Himmler

Copyright © Éditions Gallimard, Paris, 2024

Texto revisado segundo o Acordo Ortográfico
da Língua Portuguesa de 1990.

Todos os direitos reservados. Proibida a reprodução,
no todo ou em parte, através de quaisquer meios.
Os direitos morais do autor foram assegurados.
Venda proibida em Portugal.

Editoração eletrônica: Abreu's System

Direitos exclusivos de publicação em língua portuguesa somente
para o Brasil
adquiridos pela
EDITORA RECORD LTDA.
Rua Argentina, 171 – Rio de Janeiro, RJ – 20921-380 – Tel.: (21) 2585-2000,
que se reserva a propriedade literária desta tradução.

Impresso no Brasil

ISBN 978-85-01-92352-3

Seja um leitor preferencial Record.
Cadastre-se no site www.record.com.br e receba informações sobre
nossos lançamentos e nossas promoções.

Atendimento e venda direta ao leitor:
sac@record.com.br

Para Loup

*Não tenho de me preocupar com
o que penso. Meu dever é obedecer.*

ROBERT MERLE,
A morte é meu ofício

Wo alle Straßen enden
Hört unser Weg nicht auf
Wohin wir uns auch
wenden
Die Zeit nimmt ihren Lauf
Das Herz, verbrannt
Im Schmerz, verbannt
So ziehen wir verloren durch das
graue Niemandsland
Vielleicht kehrt von uns keiner
mehr zurück ins Heimatland
Wir sind verloren
Wir sind verloren
Wir sind verloren
Wir sind verloren
Wir sind verloren
Wir sind verloren
Wir sind verloren

Onde todas as ruas terminam
Nosso caminho não para
Para onde quer que nos
voltemos
O tempo segue seu curso
O coração, em brasa
Banidos na dor
Assim vagamos perdidos pela
cinzenta terra de ninguém
Talvez nenhum de nós
retorne à pátria
Estamos perdidos
Estamos perdidos
Estamos perdidos
Estamos perdidos
Estamos perdidos
Estamos perdidos
Estamos perdidos

Canção militar alemã

PRIMEIRA PARTE

Abrigo

Renée

Duzentas fraldas, em três fileiras paralelas. Nenhuma brisa na brancura do algodão. Perfume de sabonete, de leite adoçado. Risadas cristalinas. Por um momento, elas encobrem o chilrear das crianças que chega do parque e das janelas abertas. As mulheres que riem são quatro; conversam tirando os pregadores de roupa dos varais e jogando-os numa caixa de metal. Dobram os quadrados de pano e depois os empilham em grandes cestos de vime.

Num lance de escadas que leva à casa branca, elas são três, descascando batatas. Mergulham-nas numa grande bacia de ferro cheia de água. As cascas caem sobre folhas de jornal. Duas das mulheres, em gravidez avançada, conversam, fragmentos cortantes de voz. A terceira, de vestido florido, está calada.

O nome dela é Renée, e seu cabelo está raspado. O que desponta é ruivo. Olhos de dragão, verdes com uma auréola vermelho-alaranjada em volta da pupila. Pestanas loiras quase invisíveis tornam seu olhar nu e candente quando se eleva. Ela seria admirável se tivesse cabelo, mas não tem e, com o crânio pelado, parece um gato magro.

Um menino desobediente. E de repente um grito agudo: ela enfia o indicador ferido na boca. "*Was ist los?*", pergunta-lhe a vizinha.

Gosto de ferro e sal, de mar distante, de afogamento. Ela ergue para o céu olhos ardentes, poentes como sóis. Tira o dedo da boca e aperta o punho. Gotas de sangue no papel e na relva. Ela não fala alemão. *Não te entendo, não entendo nada do que você diz.* Fica calada.

Sonoridades líquidas quando os legumes mergulham na bacia. No papel, cai o sangue num pinga-pinga rápido. Elas terminam. Todas as batatas descascadas para o meio-dia seguinte estão mergulhadas no fundo da água gelada. Uma mulher de rosto quadrado, cabelos cinzentos, levanta a tina pela alça. Busca o equilíbrio, mas pena para manter o centro de gravidade. Põe uma das mãos no ventre proeminente, leva embora a vasilha. Respinga o vestido. Renée fecha o jornal, embalando as cascas, fazendo um grande embrulho, que segura junto ao corpo.

Levanta-se e caminha para a trilha que circunda a lagoa, seus passos ressoam na terra seca, seus sapatos ficam empoeirados. Ela vê, para além da água, carvalhos seculares. Mais adiante, campos, campos, ar livre, um céu imenso. Bem perto, vegetação densa, árvores altas e copadas. Sob suas sombras, ela sente o alento frio delas, inala o cheiro da água em evaporação, cheiro vegetal e repulsivo. Lá em cima, nenhuma vibração nos cumes em pleno sol. O ar está parado. Ela olha para trás, as mulheres entraram. Segura o embrulho na mão esquerda e, com a direita, tira de um bolso um punhado de biscoitos de mel. Come um pedaço, dois, sempre andando.

Chegando a um arvoredo maior que os outros, ela se dirige a uma grande caixa circundada por tábuas, com uma tampa; a terra menos seca cede sob seus pés. É então que ouve. Um barulho de ramos partidos, de animal em fuga. Aproxima-se. E o vê, de joelhos, meio escondido pelo caixote de lixo, engolindo cascas cruas, enfiando os dedos cheios delas na boca. É um homenzarrão, pele e osso. Ao lado dele, um rastelo com os dentes virados para o firmamento. Seus olhos são fundos, as maçãs, salientes. Está todo concentrado em seu olhar acossado, dançando na camisa gasta e demasiado grande, infinitamente grande, para sua carne definhada.

Ao ver Renée, ele quase dá um pulo e, então, arremete contra ela. Ela dá um grito, o contato com o homem e seu próprio movimento de recuo a derrubam. No chão, tenta se levantar. O homem não olha para ela, apanha os fragmentos de biscoitos caídos e os mete na boca. Depois agarra o rastelo. Ela quer se proteger com os cotovelos e os braços erguidos. Mas o homem nem sequer respira. Sai voando e dá no pé, com a boca cheia.

Renée se levanta. Olha o espantalho de gestos desmesurados lutando contra a luz e desaparecendo. Continua a olhá-lo, mesmo depois de ele ter desaparecido há muitos minutos. Migalhas de biscoito ainda em torno dos lábios. No vestido, fragmentos de folhas esqueléticas. Por fim, apanha as cascas espalhadas pelo chão; elas estão frescas e rígidas. Joga-as no caixote, entre ervas daninhas arrancadas e ramos secos. Cheiro bom da terra ainda inculta. À sua volta, os insetos zumbem nos raios do sol. O jornal a seus pés, *Das Reich*, *27. August 1944*, representa a Muralha

15

do Atlântico, que ela viu com seus próprios olhos, passava bem perto da casa dela. A casa dela. Antes do seu *julgamento*. Ela nem sequer sabe se foi expulsa ou se fugiu, nem onde está realmente, em algum lugar da Alemanha, num local cheio de mulheres alemãs. Onde é acolhida.

Uma gota de suor lhe escorre pela têmpora. Ao longe, o tilintar do sino, a primeira salva. 17h40. Ela recolhe o jornal úmido, esburacado, amarrota-o e joga-o no lixo vegetal. Dá alguns passos na mesma direção do homem. Ele desapareceu de verdade. Para além do arvoredo, uma plantação de batatas, às vezes mandam as internas colhê-las: ninguém lá.

Ela teme que ele volte. Gostaria de saber se ele vai voltar.

Sente-se tão só que sua pele dói, o interior da sua boca está seca.

O homem não volta.

Eles nunca voltam.

O sino, segunda salva.

Ela toma, em sentido contrário, o caminho que leva ao edifício caiado, sobrelevado, dois andares. À esquerda, a ala antiga; à direita, a nova; ambas ladeadas por lances de degraus de pedra que sobem por entre flores silvestres e ervas aromáticas. Eflúvios de verbena-cidrada e tomilho. Todas as mulheres entraram. Ao longe, o vagido de um recém-nascido. Nas sacadas, berços ao ar livre, alinhados, cobertos de algodão branco para terem sombra. E, ao lado do edifício, a bandeira preta da SS. Com a mínima brisa, ela tremula ao sol, tremulará durante mil anos, pelo menos.

O lugar não se parece com um quartel, muito menos com um hospital. Parece mais uma pousada bem cuidada. Um chalé de grandes dimensões rodeado por anexos e plantações, com vista para um lago.

17h45, jantar. Burburinho de vozes femininas. Tudo ecoa na sala de convívio. Na hora das refeições, o vasto salão de estar do edifício funciona como sala de jantar.

Chão de parquê, luz. À mesa, Renée é iluminada por uma janela que dá para o parque e aureola seu cabelo amputado. Lá fora, ela vê o gramado, as árvores e os anexos do *Heim*. Atrás do lago, o campo aberto.

Tem nas mãos belos talheres de prata gravados com o brasão dos Rothschild sob uma coroa de barão, e à sua frente um grande prato com a marca Frühling & Pelz, Berlim. Estão sentadas em mesas de doze pessoas, em torno de toalhas floridas, mulheres, na maioria jovens ou muito jovens, com vestidos de algodão. Suas mãos são brancas e bem cuidadas; as paredes nas quais colidem suas vozes, imaculadas. Aroma de cozinha, sal e legumes frescos.

Perto da porta está afixado o cardápio da semana, de segunda a domingo, almoço e jantar. Hoje, sábado, 2 de setembro de 1944: caldo de legumes, carne bovina grelhada, manteiga, pão, salada de pepino.

Uma enfermeira bate com um garfo num copo, e imediatamente se faz silêncio, um silêncio um pouco tenso: "Às 16h29 nasceu Jürgen, com 3 quilos e 400 gramas, 50 centímetros, 36,5 de perímetro cefálico." Aplausos e gritinhos de alegria. *Lebe Jürgen, lebe Frau Geertrui!* Viva Jürgen! Viva a senhora Geertrui!, grita uma das mulheres. Outra chora.

As empregadas que esperavam na retaguarda põem as sopeiras nas mesas. Tinidos metálicos sobre a louça, tilintar de copos, tudo parece cristalino.

18h15. Em geral, o saguão de entrada fica livre, nele só se move o silêncio. Mas, nessa noite, algo se prepara. Uma mesa está coberta por uma toalha com uma suástica colossal. Sobre ela, um retrato de Hitler e flores; parece um altar, uma capela improvisada. Em frente, um tapete indiano e uma grande almofada branca debruada de renda. Acima, mais uma bandeira com suástica: *Deutschland, erwache*, Alemanha, desperta. Diante dessa mesa, sete fileiras de cadeiras. Faz dias que Renée ouve regularmente a palavra *Reichsführer*.

18h20. O quarto 23 é espaçoso, com duas camas de carvalho ladeadas por mesinhas de cabeceira ornamentadas, armários combinados, uma mesa de canto rodeada de poltronas e um amplo sofá de veludo verde. Cada interna tem seu próprio lavatório encimado por um espelho. Tudo é mais bonito, mais luxuoso que a maternidade da SS em Lamorlaye, onde ela passou algumas semanas antes de ser evacuada em 10 de agosto. Dessa data ela se lembra bem.

Do lado de dentro da porta, está afixado um horário. Renée não fala alemão, mas é ajudada pelos números e pela rotina imutável. Agora, ela sabe o significado de cada palavra, ou quase.

Ab 5.00-6.00: Amamentação 1 (*Stillen*, e o *s* é pronunciado "chhh", como no começo de silêncio; silêncio em alemão diz-se *Stille*)

Ab 6.00-6.30: Arrumar o quarto (*Zimmer in Ordnung bringen*, e o z torna-se um "tsss" bastante duro)

Ab 6.30-7.00: Tomar café (*Kaffee trinken*, como se fosse um drinque de café)

Ab 7.00-8.00: Higiene (*Baden*, o *a* é longo, essa palavra a faz pensar num balneário)

Ab 8.00-9.00: Amamentação 2 (*Stillen — Schhhtillen*)

Ab 8.30-9.00: Desjejum (*Frühstück*, o trema sobre o *u* o impede de ser "u")

Ab 9.00-10.45: Trabalhos domésticos (*Windeln legen oder andere Hausarbeiten*, ela não sabe o que significa *Windeln*, mas entende *Haus* e *arbeiten*, casa e trabalhar)

Ab 11.00-11.30: Almoço (*Mittagessen, essen* significa comer)

Ab 12.00-13.00: Amamentação 3 (*Schhhtillen*)

Ab 13.00-14.45: Descanso (*Ruhe*, "Ru", aspirar, "e")

Ab 14.45-15.15: Tomar café (*Kaffee trinken*, drinque de café)

Ab 15.15-16.15: Amamentação 4. (*Schhhtillen*)

Ab 16.15-17.45: Trabalhos domésticos (*Windeln legen oder andere Hausarbeiten*, *Windeln*, talvez fraldas, que é preciso estender ao sol e dobrar continuamente. Com qualquer tempo, as empregadas labutam na bomba com grandes tinas de metal cheias de roupa suja e sacos de aparas de sabonete, esfregam, torcem, espremem e depois, sob a luz, olham os quadrados de algodão branco, apertando os olhos, deslumbradas)

Ab 17.45-18.15: Jantar (*Abendbrot, Brot* quer dizer pão e *Abend* é noite)

Depois do jantar, passear, cantar ou ler até as 19h30; *Nach dem Abendbrot: Spaziergänge, Singen oder Lesen bis 19.30.*

Às vezes também há oficinas, palestras, discursos na rádio que todas as mulheres têm de vir ouvir, e ela não entende muita coisa.

Ab 19.30-20.30: Amamentação 5 (*Schhhtillen*)

Abaixo do horário, instruções. As internas são responsáveis por seus quartos, enquanto as *Schwestern** e as empregadas respondem pelos outros espaços. À noite, todas se reúnem, de acordo com a atividade, na parte de fora ou na sala de convívio, depois de fecharem as venezianas. Às 21 horas em ponto, as luzes devem ser apagadas, de preferência já antes do jantar. Nos quartos das mães, deve-se evitar deixar a luz do teto acesa; apenas abajures de cabeceira à meia-luz. "À meia-luz", *dunkelte*, sublinhado. Como se o bombardeio pudesse chegar até ali. Tudo está tão calmo. Não se ouve nada, vozes femininas, choros de recém-nascidos, pios de pássaros. Às vezes, um inseto zumbe. É como estar no fim do mundo, nessa casa de mulheres, e de fora nada parece ser capaz de atingir essa zona rural perdida. Em Steinhöring, a guerra ainda está longe. Ela seguira Renée, em sua fuga da aldeia normanda, e a alcançara perto de Paris, em Lamorlaye, após vinte e três dias apenas. E foi então que ela partiu para a Alemanha num ônibus militar, com uma dúzia de bebês, outras mulheres e enfermeiras, para chegar aqui, em outra maternidade onde se come tão bem. Mas a guerra avança do oeste para o leste, em direção a ela, e quem a deterá?

---

* Enfermeiras, irmãs.

Renée ainda sente na língua o sabor do sal e do caldo. Abre a janela, deixando entrar a música folclórica que sobe do parque. Sorte que seu quarto está virado para o lago. Bem de frente para a janela, vasos alinhados, gerânios em flor em solo cuidadosamente irrigado. Cheiro de terra encharcada. Ela olha o parque. Junto aos varais de roupa, uma dezena de mulheres faz uma roda. Ela tenta distinguir, do outro lado da lagoa, algo do arvoredo, do adubo, mas só vê árvores, a luz da folhagem, a luz em seu rosto, luz demais que lhe seca os olhos, que ela esfrega com as costas das mãos. No horizonte, nada se move, não há vestígios de seu agressor. Comedor de cascas e ladrão de biscoitos. Do olhar dele ela não se recobra. Quem era ele? Afora o médico, não há homens na casa. Um aldeão com fome, talvez. Ou um dos prisioneiros que trabalham na propriedade. São eles que constroem aqueles gigantescos galpões de madeira no terreno. Também fazem a manutenção do parque, mas não são vistos, nem de longe, nunca se cruza com eles.

A porta se abre atrás dela. A vizinha de quarto, certa Frau Gerda, de tranças apertadinhas, olhar venenoso, fala com ela, que só entende a palavra *verboten*. Renée fecha a janela e se senta na cama. Sonha. Não sonha. Nem é sonho, é distração, nada do que se encontra aqui a interessa de fato. Com mais frequência ainda, é obsessão. Ela pensa em Artur Feuerbach. O tempo todo. Pensa nele até sem pensar.

Faz dez semanas e seis dias que o espera. Pensando bem, mesmo quando ele estava com ela, ela já o esperava. Como se algo dela ainda não estivesse lá. Ou algo dele, já ido embora. Ou morto. O vazio que ela sente desde sempre no íntimo agora tem um nome de homem. Artur Feuerbach é um vazio que só ele pode preencher, uma doença mental que só ele pode curar, uma prisão da qual ninguém além dele pode libertá-la.

Artur Feuerbach. Seu nome é música que nunca a larga e sobe-lhe aos lábios de forma incontrolável. Sobe-lhe aos olhos.

Ela o canta e o vomita e o chora.

Ele voltará. Não voltará. Viverá, não viverá. Ele a ama — ama de verdade?

Ela começa a escrever, mais uma carta, quantas, ela conta os dias, mas não as cartas, as que enviou, as que jogou fora. A caneta vaza, solta uma gota de tinta, que ela esmaga com o polegar no papel como uma lágrima preta, é preciso recomeçar, ela amassa a folha, pega uma nova.

Heim Hochland, Steinhöring, 2 de setembro de 1944

Lieber Artur,

Esta noite temos um crepúsculo magnífico, se você visse! Talvez também o esteja vendo. É bonito o tempo onde você está? Há nuvens, chuva ou, como aqui, sol? Tenho a impressão de que você está em algum lugar do outro lado deste céu, talvez olhando para ele, e é isso que o torna belo e me magoa.

De resto, foi mais um belo dia, aqui tudo é pacífico, ninguém diria que há guerra! Mas na guerra eu penso o tempo todo, porque você está nela, e porque penso o tempo todo em você, penso tanto em você que tenho medo das balas quando saio no parque.

No jantar de hoje havia carne, salada de pepino, o melhor caldo de legumes do mundo! Somos bem cuidadas. E, no lanche, Kaiserschmarrn *(tenho a maior dificuldade para pronunciar essa palavra!), já provou? Com certeza você conhece esse doce, e é por isso que gostei tanto dele.*

Os dias são tão longos, hoje, ontem, amanhã, tudo isso se funde na medonha saudade de você, mas me esforço e me ocupo da melhor maneira que posso: pequenas tarefas domésticas, ontem à noite uma conferência de uma Schwester *sobre a educação das crianças pequenas (acho — não entendi tudo), e teremos a* Mutterschule *de novo quarta-feira, vamos ouvir um discurso na rádio, no salão. Aqui estão as novas palavras que aprendi hoje:* Pellkartoffeln, Gurkensalat, Buttermilch *e* Namensgebung.

A grande novidade aqui é que amanhã vai haver uma festa especial para os recém-nascidos, e Himmler estará presente! Namensgebung* *é o nome da festa. Vou lhe escrever para contar como foi.*

São 18h30 e estou ouvindo música de fora, danças folclóricas, não resisto e vou sair. Há no Heim algo de quase alegre, meu amor. Mas se pelo menos eu soubesse onde você está neste

---

* *Namensgebung* ou Cerimônia do nome: durante essa cerimônia secular (que substituía o batismo cristão), o recém-nascido que recebia um nome e um padrinho era integrado na comunidade SS. Os filhos das famílias SS ou de mães solteiras que eram integrantes do Partido Nacional-Socialista sempre participavam dessa cerimônia, embora não fosse obrigatório.

momento, acho que nada poderia me impedir de me juntar a você dentro de uma hora.

Da sempre
*Deine**

Renée

Por vezes, passa-lhe pela cabeça o pensamento brutal de que mal conhece, de que não conhece aquele homem, Artur Feuerbach. E, agora, tudo nela se agarra a ele como a um ramo que se parte.

Às vezes, fica feliz por ele não entender francês.

Por suas cartas provavelmente não chegarem até ele.

18h45. Sobre a relva, cinco rodas de seis mulheres giram no sentido horário. O som de passos amassando a relva atravessa o acordeão. A música vem de um toca-discos sobre um movelzinho de ratã, em ondas. Como que carregado pelo vento ou travado pelo mecanismo. Interferência metálica parasita. Os passos amassam, dobram a relva, trinta pés direitos sincronizados, depois trinta esquerdos. Genuflexão, e esquerda, e direita. Esquerda direita esquerda. Vestidos de algodão, que assumem a forma do movimento. A brisa tem a força de um sopro, de uma respiração, nada mais.

Renée não dança. Sentada na borda do terraço, com os dedos estendidos sobre a pedra quente, puxou o largo vestido listrado para abaixo do joelho. Sente latejar o dedo ferido. Vê as mulheres formando uma corrente e, a cada terceiro tempo, inclinando-se graciosamente, antes de passarem,

---

* Tua.

uma após outra, sob as mãos unidas e elevadas das duas primeiras. Todas são mães recentes ou futuras, exceto uma, que veste uniforme de enfermeira. Vestido marrom de pano grosso, avental branco, ela tirou a touca e deixa à mostra um coque pesado. Loira como uma criança, alta, nariz aquilino e delicado. É a Schwester Helga, Renée a conhece, era ela que fazia anotações quando ela chegou, enquanto o médico a examinava. Foi ela que montou sua documentação e a acompanhou ao quarto. E agora sorri, com o rosto para o céu. Com um sorriso um tanto fixo, membros soltos, ela parece sorver a luz. Renée desfolha um caule de lavanda, seus dedos cheirarão bem a noite toda.

Helga

Num caderno escolar, a Schwester Helga anota a data, escrevendo embaixo: *Vinda ao Heim de nosso Reichsführer para a Bênção do Nome!* Pequeno estremecimento na ponta da sua caneta-tinteiro. Depois cola, dobrado em quatro, o programa que ela mesma copiou:

LEBENSBORN
HEIM HOCHLAND

⚡⚡ Namensgebung am 3. September 1944

I. Prelúdio musical — Schubert, *Die Unvollendete*
II. Apresentação
III. Haydn, *Variationen über das Deutschlandlied*
IV. Discurso do Reichsführer sobre o significado da Bênção do Nome
V. Bênção do Nome
VI. Canto da lealdade ⚡⚡

Fecha o caderno e o guarda na gaveta da escrivaninha.

Diante do espelho, ajusta a touca, cobre com ela uma mecha loira, acrescenta alguns grampos ao coque. Olhos emocionados, marejados até. Observa os dentes, estragados, que produzem um sorriso feio num rosto bonito. Buraco preto na neve. Fecha a boca. Sorrir de boca fechada.

Desde que entrou aqui, há um ano, esta será a sua oitava Bênção do Nome. Há uma a cada quatro ou seis semanas. É a primeira vez que o Reichsführer viaja para celebrá-la. Ela adora trabalhar no Heim Hochland. Quase esquece a experiência ruim do primeiro lar do Lebensborn em que trabalhou, a Heim Friesland, para onde foi logo que concluiu a escola. Enquanto sonhava em trabalhar numa sala de cirurgia, foi escalada para aquele lar de crianças, onde ainda não havia nenhuma *Braune Schwester*, irmã marrom, e fazia falta. Quando lhe propuseram afiliar-se à irmandade NSV,[*] ela não hesitou: para o mesmo trabalho, salário mais elevado e reputação. E o Heim Friesland tinha a vantagem de ficar perto de casa. Domingo sim, domingo não, ela podia ir de bicicleta para a casa dos pais. Então aceitou de bom grado. Com os bebês, tinha aprendido a agir tão depressa que esperava ter outras oportunidades em breve. Vinte camas na sala, as crianças menores com algumas semanas, seis meses as mais velhas. Cuidados em cadeia. Quando um começava, todos acompanhavam. Era sempre melhor do que o *front*: uma de suas amigas enfermeiras estava lá e lhe escrevera uma carta que a convencera a apreciar seu trabalho.

---

[*] A NSV (Nationalsozialistische Volkswohlfahrt) ou Bem-estar Nacional-Socialista era um órgão do Partido Nacional-Socialista.

Ela preferia os recém-nascidos às "internas", como eram chamadas. Muitas delas eram mães solteiras, dois terços, pelo menos. Por uma questão de igualdade, era preciso dar a todas o chamamento Frau, seguido do primeiro nome. Mas isso não mudava nada. As mulheres casadas davam-se a conhecer como tais nos primeiros cinco minutos de conversa. Sem exceção. As esposas dos oficiais da SS tendiam a revelar todo tipo de pormenor de sua vida íntima; com sua sinceridade impudica, tentavam distinguir-se das fabuladoras, que fingiam ser casadas, mas eram traídas por alguns pormenores, pela ausência de aliança e às vezes também certa timidez.

Mas todas se faziam de moça honesta e, fosse qual fosse sua origem, comportavam-se como pequeno-burguesas. Era competir para saber quem estava mais bem casada e, na falta disso, todas fingiam estar noivas, mesmo quando o pai da criança já possuía família. A posição e o prestígio do "noivo" recaíam sobre elas. Escriturárias, secretárias, camponesas, mas davam-se ares de generalas, de marechalas, a quem tudo era devido. Havia também as que se calavam. Mas, muitas vezes, o que não era dito não era confessável.

No Heim, em todo o caso, estas eram tão bem tratadas quanto as esposas legítimas. Tão bem quanto as das cruzes de honra da Ordem do Coelho, como Helga chamava as detentoras da *Mutterkreuz*, Cruz das Mães, atribuída a quem tivesse quatro filhos (bronze), seis (prata) ou oito (ouro). Decerto por isso aquelas mães solteiras se sentiam tão especiais.

Helga consolava-se com a ideia de que pelo menos não acolhiam esposas grávidas de filhos ilegítimos. Infidelidade feminina é sinal de sangue ruim, dizia o médico. No entanto, o próprio Reichsführer incentivava a infidelidade dos homens; aliás, Helga tinha experiência pessoal disso: essa era a razão de, na época, ter pedido transferência do Heim Friesland.

Lá, tinha se habituado rapidamente ao trabalho, mas não ao Untersturmführer Bachschneider, administrador geral. Quando ela chegou, ele lhe disse, entregando-lhe os formulários: "Bem-feita como é, sem filho, não é boa coisa. Se lhe faltar parceiro, estou à disposição." Ficou olhando enquanto ela preenchia os documentos. A mão de Helga tremia, pelo tanto que ele a fitava. Ocorre que esse homem estava em todo lugar no Heim; era impossível evitar dois dias seguidos seus olhos, seus cumprimentos e seus sorrisos que duravam demais. Casado, dois filhos. Ela então escreveu a seu superior pedindo transferência. Não mencionou Bachschneider, apenas explicou que não sentia afinidade especial por bebês e que em outro lugar seria mais útil. E esperou. Morrendo de medo de ser enviada ao *front* ou a Berlim. Mas foi-lhe oferecido um emprego de secretária médica na Steinhöring, aqui mesmo. Era mais longe de casa, mas era a zona rural da Baviera, e ela aceitou.

Nunca se arrependeu de sua decisão. Gosta de ser o braço direito do Dr. Ebner, arquivar seus documentos, fazer a triagem de sua correspondência, redigir respostas. E sabe que ele aprecia seu trabalho. Pela maneira como a tratou desde o primeiro dia, ela logo adivinhou que ele tinha filhas da sua idade. Ele lhe perguntou quais eram suas ambições na vida.

— Gosto de meu trabalho, Herr Doktor.

— E uma família, Schwester Helga, não quer?

— Sim, quero me casar, Herr Doktor. Quero casamento ou nada.

Não queria ser como aquelas moças. Nunca tinha sido como elas. Mesmo quando era *Mädel*, nos acampamentos e nas festas mantinha afastados os rapazes que a rodeavam, olhava com repulsa os casaizinhos efêmeros.

— Se não houver amor, não quero — acrescentou.

O médico sorriu:

— Chhhht. Você é *ein braves Mädchen*, uma moça honesta, Schwester Helga, o que muito a honra. Respeito-a infinitamente. O problema é que não há maridos para todas, perdemos muitos jovens, muitos dos melhores. Mas todas podem tornar-se mães, e nas melhores condições. Essa é uma das razões pelas quais criamos os *Heime*.

Aqui ela se sente em casa. Orgulhosa do que faz, do lugar onde está. Por cima do vestido, põe o avental imaculado, engomado com especial cuidado. Um último giro, para verificar tudo. Honrar o Heim. Honrar o Reichsführer.

Sala de convívio. As mesas estão postas para o café após a cerimônia. Ela alinha as xícaras. Saguão de entrada. Ela endireita uma rosa num dos buquês que ornamentam a mesa. Reposiciona as dobras da toalha e a almofada onde serão colocadas as crianças. Quadro, bandeira e emblemas, tudo alinhado. Passa um dedo sobre a moldura do retrato do Führer, para ter a certeza de que está sem pó. Sala das *Schwestern*. Sala de parto. Tudo está perfeito. Em sua escrivaninha, não há nada, um estojo, um abajur, tudo arrumado nas gavetas; ela gosta de ordem. Apesar de muito jovem, goza de toda a confiança do Dr. Ebner. Muitas vezes ele se apoia mais nela do que na Oberschwester Margot Hölzer, enfermeira-chefe, não tão cuidadosa quanto deveria ser. Helga até a viu um dia deixando de desinfetar os instrumentos. As internas acham-na impaciente e mal-educada, e riem da sombra de bigode sobre seu lábio e do seu cabelo engordurado, preso com palitos.

Berçário, por enquanto deserto. Catorze leitos. O chão foi lavado na primeira hora da manhã.

Sala de amamentação. As mães estão alimentando seus nenéns e trocando suas roupas. Numa mesa, uma pilha de vestidos brancos compridos para a cerimônia. Um dos bebês está vestido. A mãe o apresenta triunfalmente às outras, rindo, e as mulheres comentam e elogiam. Helga entrega-lhe um pano: "Atenção, não se esqueça de proteger o vestido." Mas onde é que está a Schwester Margot? Deveria estar aqui, cuidando das mães.

Num canto da sala, Frau Geertrui está sentada com Jürgen, que dorme. Seus olhos vermelhos e inchados revelam mais do que simplesmente cansaço. Seus cabelos castanhos, ondulados, despenteados, e seu rosto um pouco comprido fazem-na parecer magra; suas íris cinzentas são mais claras que as olheiras. Está transpirando. Transpira como quem chora e como se alguma coisa, lá em cima, a tivesse largado. Schwester Helga aproxima-se, põe a mão na sua testa, não tem febre.

Frau Geertrui diz:

— Ele não acorda. Não mamou desde que nasceu.

Helga quer tranquilizá-la:

— Às vezes isso acontece. Logo ele vai ter fome e tirar o atraso. — Quer brincar: — Vai ver como ele terá fome durante a cerimônia.

Em vez de fazê-la sorrir, essa ideia parece mergulhar Frau Geertrui numa angústia ainda maior. Lágrimas, que ainda não correm. Ela aperta o recém-nascido contra si, com um soluço. A enfermeira sussurra-lhe que não é raro ficar emotiva depois do parto, é a queda dos hormônios, mas é preciso controlar-se e não demonstrar nada. Não diz que, se o Dr. Ebner ou o Oberschwester notarem, indicarão isso na sua avaliação, o que não será bom para ela.

— Vai correr tudo bem, Frau Geertrui.

Mas a jovem desata a chorar, aperta o menino contra o seio nu, ele não acorda, não suga, dorme com os dedinhos encostados à boca. Ela chora como se alguém tivesse morrido, fazendo um barulho assustador, e todas as outras olham para ela. Helga diz-lhe que vá para o quarto se acalmar e, mais baixo:

— Não se deve chorar assim aqui. Nem em qualquer outro lugar. — Pega Jürgen e diz: — Eu o entrego a você daqui a meia hora, para a cerimônia.

É algo que as *Schwestern* nunca fazem; normalmente são as mães que vêm buscar os seus bebês para alimentá-los e trocá-los, nos horários estabelecidos, cinco vezes por dia. Frau Geertrui sai da sala aos prantos, destroçada por dentro.

Assim que ela sai, Frau Hilde aproxima-se. É a companheira de quarto de Frau Geertrui, mãe de uma menina de seis dias. Murmura, mas de modo que todo mudo ouça, o que é insuportável:

— Desde que Frau Geertrui deu à luz, não para. Só chora, chora, então a coisa correu mal?

— Pelo contrário, segundo a Schwester Margot, Frau Geertrui foi muito corajosa durante o trabalho de parto.

— Impossível ficar com ela. Vou apresentar um novo pedido de quarto individual. Minha situação pessoal deveria permitir, de qualquer modo.

Mesmo sussurrando, ela parece gritar, tão zangada que fica sem fôlego e corada. Helga reprime um movimento de impaciência. Quando as internas mencionam sua posição, significa que são casadas ou que o pai de seu filho está no alto da hierarquia. As que acumulam as duas coisas são as piores. Ela vai verificar a situação dessa mulher amanhã.

— Como sabe, isso não é possível. Mas compreendo a dificuldade e, se continuar, vou falar com o médico.

— Eu mesma falarei com ele, hoje.

E afasta-se rebolando. Helga olha para ela: de fato, engordou demais, não é saudável. Anotar na ficha.

Jürgen dorme profundamente em seus braços. Dormem sempre assim depois de nascerem, exauridos pelo frio, pela luz e pelo oxigênio nos pulmões; não demorará a acordar. Ele se livrou dos panos que o enfaixavam e, dormindo, faz pequenos movimentos bruscos com os punhos cerrados, como um filhote de passarinho se debatendo. No entanto, não arranhou as bochechas, coisa que os recém-nascidos tendem a fazer nas primeiras noites. Na mesa de troca de fraldas, Helga envolve-o de novo, apertando um pouco mais. Ele não acorda, apenas sorri para os anjos. Depois do primeiro princípio do cuidado, que é a higiene, antes do terceiro, que é o ar fresco, o segundo é a calma. As crianças precisam de calma, de tranquilidade acima de tudo. Jürgen parece um bebê bem tranquilo. Helga toca de leve na bochecha dele. Gesto ligeiramente nervoso. O Reichsführer já deve ter chegado.

Renée

São 10 horas, e no saguão de entrada soa *Die Unvollendete* de Schubert. Tudo está lustroso, limpo e polido. Renée olha para a fila de homens fardados alinhados ao longo da parede, enquanto as mulheres e as enfermeiras estão sentadas; as que seguram os bebês, na fila da frente. As internas estão arrumadas, vestido bonito, saltos altos, a maioria de chapéu. Sem maquiagem. Sua vizinha tem lágrimas nos olhos. Renée também está comovida, por causa dos rapazes: todos lhe lembram Artur Feuerbach.

Na frente, junto à mesa da suástica, ela reconhece o oficial superior que cochicha ao ouvido do Dr. Ebner, de uniforme. Dele há vários retratos no Heim: é Himmler. Ela já o conhecia. Ele é baixo, tem queixo recuado e é míope; parece gentil, mas não é. Qual é a relação entre esse homem e o berçário onde ela está?

Quando a música termina, o médico toma a palavra, faz um discurso que Renée nem tenta compreender. Tem a impressão de sentir o cheiro da água-de-colônia do soldado que está mais perto dela. Sobre os joelhos, ela alisa um vestido de algodão florido que lhe foi dado no dia em que chegou.

Variationen über das Deutschlandlied de Haydn. No meio dos violinos, um bebê chora, a mãe o embala. Uma enfermeira aproxima-se, com uma mamadeira na mão. Final da peça, um chiadinho na primeira fila. Depois, Himmler começa a falar, lendo um texto que tem à frente. Renée tem um instante de aturdimento, pergunta-se o que está fazendo ali, o que teria feito para acabar na mesma sala que ele. Depois relembra a humilhação antes de chegar a Lamorlaye, o *julgamento* e a tosquia. As cusparadas, a sensação daquilo deslizando sobre sua pele, escorrendo em rastilhos molhados. Ela coça os braços como que para aliviar uma comichão. Fita com interesse o homenzinho atrás do altar da suástica. Tenta concentrar-se nas suas palavras, compreende *Deutschland*, compreende *Kinder*, ele sorri, olhar terno. Logo ela deixa de ouvir, seus olhos tornam-se menos atentos, seus pensamentos vagueiam. Do que está vendo só lhe interessa o que poderá contar a Artur. Está feliz por poder escrever-lhe que Himmler foi lá. Decerto ele admira esse homem: e o interesse que tem por ele se refletirá nela.

Eles não tiveram muito tempo, por isso ela está sempre ruminando os mesmos momentos, raros, evanescentes, mal e mal o tempo de um piscar de olhos, apenas algumas vezes, que constituem toda a história dos dois e a trouxeram aqui.

Quando o conheceu, acabava de fazer dezesseis anos. Era início de junho. Ela se lembra: final de primavera, quarto estreito em mansarda, diretamente sob o telhado, infinito para o qual dá a claraboia. Cheiro de pântano do rio Odon. Gritos de gaivotas. Calor que permanece nas telhas mesmo à noite, sol batendo nelas o dia todo e dardejando entre elas. Hôtel de la Cloche.

Uma manhã, todo o pessoal é convocado para o saguão central. Estão lá os funcionários da prefeitura e até o prefeito. Ele anuncia que os alemães estão recuando para Caen e que todos os hotéis das cercanias foram requisitados. E os funcionários têm escolha: continuar trabalhando ali ou ir trabalhar na Alemanha. Renée não quer ir embora. Então fica, e eles chegam, os alemães, uma delegação inteira, é quase meio-dia, no saguão esperam ser atendidos. Ela está no terceiro andar, desce pelo corrimão e desliza até a volumosa pinha de cobre. Sente-se agarrada pela cintura, volta-se, é Artur Feuerbach, que lhe diz *"Olala Fräulein"* e coloca-a no chão. É jovem, não tem vinte anos, talvez dezoito. Muito magro, cabelo cortado rente, rosto anguloso, olhos de uma cor lavada. Ela o acha bonito. Ele diz algo que ela não entende, mas sua voz é profunda. E um uniforme da Waffen-SS. Ele lhe sorri. Ela não sorri para ele. Afasta-o, junta-se ao restante do pessoal o mais depressa que pode.

Não gosta dos alemães.

Nesse dia e nos seguintes, ela o evita. Foge dele, mas guarda em seu quarto o buquê de flores que ele deixou diante da porta. Foge dele, mas acaba por lhe sorrir de longe. Foge dele, mas espera topar com ele. E topa. Cada vez com mais frequência.

Duas semanas depois, ele lhe diz que vai se casar com ela. Jura por sua honra. Por seu uniforme. Jura que a ama, que é a primeira vez, e chora, talvez também porque é tão novo e provavelmente nunca voltará para casa. Ela diz tudo bem, ela também, mas não podem se casar. No momento, é impossível. Diz ainda que vão esperar o fim da guerra. Ela o esperará para sempre, e jura também. Pelos pais, por sua vida.

Sentados na cama estreita de ferro, estão de mãos dadas. Ele tenta beijá-la, ela se afasta com o coração acelerado. Ele lhe mostra a fotografia da família. Mãe, irmãs, irmãozinho de quinze anos, também fardado. Renée logo gosta deles, gosta da mãe de Artur, que é parecida com ele, adora principalmente o irmãozinho, que é como um gêmeo dele mais novo, Artur criança, e ela gostaria tanto de conhecê-los.

Várias vezes, ele diz que talvez vá morrer. Morrer de um tiro no abdome ou na cabeça, vai morrer estraçalhado por uma bomba, morrer queimado vivo, pisar numa mina, explodir em seu tanque, e dele só restarão sangue e carne triturada. Diz que talvez nunca mais a veja. Que agora, conhecendo-a, já não quer morrer. Diz: "*Je vais mourir*", com seu sotaque alemão, que ela adora acima de tudo, assim como sua voz e sua maneira de falar: "Che fé murir". E, depois de uma pausa, diz novamente que vai se casar com ela e a atrai para si.

Há mais alguns momentos como esse. Há um passeio ao longo do rio. Flores silvestres todos os dias. Cheiro de lilás fenecendo, queimado em seu quarto quente demais, água perfumada evaporando do frasco de compota que serve de vaso. Um cheiro de brejo e rio em seca, quando nas margens as algas fumegam ao sol.

Há a noite anterior à partida de Artur Feuerbach. Ele trouxe pão, um bloco de *foie gras* e uma garrafa de vinho tinto. Está alegre e triste ao mesmo tempo. Tem aquele sorriso que lhe ilumina todo o rosto e os olhos. Fala-lhe de

Berlim, a cidade de onde vem, gostaria de lhe mostrar fotografias. E de as ver ele mesmo. Talvez seja melhor evitar: Berlim está sendo bombardeada todos os dias, ruas inteiras destruídas, mas ele tem sorte, seus pais estão vivos, ainda que sua casa de infância já não exista. *Heim*, diz ele, sua casa. Ele gostaria de voltar lá um dia. Com ela. Tomam vinho, olham-se, beijam-se, dois adolescentes aterrorizados que não desejam o amanhã e se seguram com força enquanto acabam a garrafa depressa demais. Aquele sentimento de que não terão tempo.

Ela o ama, tem certeza disso, mas arrepende-se imediatamente daquela conjunção alcoolizada que se segue. Dói, e ela não sente nada, a não ser dor e medo. Um medo como uma voragem na qual ela vai caindo, caindo, e a sensação de que é ruim. De que, agora que ela é uma puta, ele nunca se casará com ela. A isso se mescla a ideia da partida iminente de Artur para o *front*, o temor de nunca mais o ver. Ela treme sem parar, e nenhuma carícia consegue acalmá-la. Tem vontade de se levantar, de ir embora e andar sem se deter, subitamente em pânico com a ideia de que ele não a ama. Seus olhos estão secos. Ela tem frio e nada a aquece. Ouve-o repetir que a ama, em francês, em alemão, vezes sem conta, e a voz dele lhe agrada mais do que nunca, mas ela já não acredita em nada do que ele diz.

A noite deles, a única e última.

Ela o vê levantar-se, vestir-se. Cinto, botas. Parar para olhá-la, por sua vez. Tudo dentro dela está apertado, paralisado, o tempo se espicha, a luz branca da claraboia enche-lhe os olhos.

Ela o vê abrir a porta. Lançar-lhe um último olhar.

Vê a porta se fechar, ouve o barulhinho seco do trinco na fechadura.

Os passos dele se afastando.

Extinguindo-se.

Silêncio.

Luz branca por todo lado.

Nesse mesmo dia, ela lhe escreve uma carta alucinada, em francês, cheia de palavras doces e promessas, quase desvairada, tamanha a dor que nela aflora. Reescrita uma dúzia de vezes, havia sempre uma bobagem, um erro, uma palavra mal formulada, uma rasura ou a assinatura que lhe parecia feia; a carta tinha de ser perfeita. No final, é preocupante, mas ela não se dá conta disso, tão dominada está pela angústia.

Na véspera da partida de Artur, Renée lhe entregara uma fotografia sua num envelope, várias folhas de papel timbrado e o endereço do hotel escrito à mão. Nos dias seguintes, pergunta ao porteiro se há correspondência para ela. Não há naquele dia, nem no seguinte, nem nunca. Ela diz a si mesma que as cartas se perdem. É quase tranquilizador. Logo depois, ela fica ansiosa quando pensa em encontrar o porteiro. Passados dois dias, quando o vê, não lhe pergunta nada, e ele se limita a lhe dirigir um aceno negativo de cabeça. No quinto dia, ela aborda um oficial da SS para lhe suplicar que envie uma nova carta ao *front*; ele pega a carta, vira-a, olha para ela e, sem uma palavra, a devolve.

Duas semanas depois, escreve-lhe dizendo que ele é pai. Acredita que a carta, entregue a outro soldado alemão que lhe sorrira com gentileza, nunca chegará. Aliás, quase todos os militares deixaram a cidadezinha.

Passados quatro dias, o porteiro entrega-lhe um envelope, três folhas de papel, uma mistura de francês e alemão, e à primeira vista ela vê que a carta, no meio do desastre, é feliz. Ele lhe escreve em francês que está felicíssimo, que a ama, que ela é linda e, na certa, em alemão escreve a mesma coisa; e que ama seu filho, mais que tudo. Escreve também que ela tem de ir embora, que terá problemas, e lhe dá um endereço que parece incompleto, "Bois-Larris" em Lamorlaye, perto de Chantilly. A essa carta, anexa outra missiva, em alemão, dirigida ao médico encarregado do Heim Westwald.

Ela admira a sua caligrafia, acaricia a carta e leva-a aos lábios. Acredita sentir o cheiro dele no papel.

Desde os doze anos de idade, o pai lhe diz que, se ela engravidar sem estar casada, será expulsa de casa. Ou que a obrigará a correr em torno da casa até abortar. A mãe nunca o contradisse. São pessoas honestas, duras na queda e honradas; ele é sapateiro, ela administra a sapataria; Renée é a única filha.

São 10 horas da manhã.

Às duas da tarde, ela está num trem quase vazio, rumo a Lisieux, de onde poderá chegar a Paris e a Lamorlaye.

O pior ainda está por vir.

Não pensar mais nisso, não pensar mais nisso, concentrar-se no que está acontecendo — ela olha para o chão de carvalho, aperta a mão esquerda com força na direita, não sonha. Ergue os olhos para Himmler, que parou de falar. Na almofada em frente ao altar, há agora um bebê agitando as mãos. Ao lado, a mãe e um SS, a quem Himmler faz perguntas. Eles respondem "*Ja*".

Como vai elaborar tudo aquilo para fazer uma carta bonita? Ela se pergunta se o bebê deles terá também direito a uma cerimônia igual àquela. Se Artur estará lá fardado. Um tipo de batismo militar, porém ela sabe que nem todos aqueles pequenos são filhos de soldados. Aliás, é como se as mães e os SS não se conhecessem, mal se olham, estranhos uns aos outros. Ela se pergunta: e os pais? Olha as mulheres de vestido bonito, os homens ainda em pé. Emociona-se com a música, mas seus pensamentos não se mantêm, voltam sempre ao mesmo, infinitamente: lembranças, angústia, incerteza, Artur Feuerbach.

Marek

Fundo do parque, longe da casa das mulheres. Com movimento regular, ele escava, rítmico, desfaz torrões, revira os canteiros que circundam as grades ornadas de runas nazistas. Tem os olhos fixos no chão, faz caretas. Uma hora antes, viu avançar pela propriedade um comboio de sedãs pretos. Muitos. E tem medo. Desde ontem à noite, é tanto o medo, que ele sente menos a fome. Amaldiçoa-se por ter se aproximado daquela moça, por lhe ter arrancado comida das mãos. Transformado em animal vulgar, incapaz de refletir, arriscando a vida para encher a barriga. Ela mora na casa, um tipo de maternidade, como todas aquelas mulheres que ele avista de longe. Essa, a única que ele viu de perto, mal passa de uma menina, e ele a assustou.

Desde o incidente, ele se pergunta se precisa tentar fugir ou ficar. Calculou suas chances, com a roupa em farrapos, seu alemão rudimentar, a possibilidade de atravessar os campos sem ser visto. Quanto tempo até perceberem sua ausência? Trinta, quarenta e cinco minutos no máximo?

Se fugir e for encontrado, execução sumária. Ou volta a Dachau.

Se ficar e ela o denunciar, volta a Dachau.

Ele, que não chora há anos, ontem derramou uma lágrima; não quer voltar a Dachau, jamais. Se puser os pés de novo lá, morrerá, tem certeza. Em Dachau, a fome não era nada; havia também a sede, uma sede terrível. Uma vez, ele até trocou o pão por uma ração extra de água. Aquela sede, que o ressecava por dentro, tornava áspero o céu da boca. A língua ficava dura e rígida na secura da garganta. As bochechas colavam-se aos dentes. Tudo por dentro era uma lixa. Ele se lembra de ter rejeitado a sopa, por estar espessa e salgada; ela lhe inflamava a boca cheia de aftas, boca que era uma chaga viva. Água, ideia fixa. Aqui, há água, muita. Não há prisioneiros morrendo, nem um único desde que chegou. Também não há aquele cheiro de morte, de carne humana e de cabelo queimado, que o fazia salivar e lhe dava vontade de vomitar. Aqui suas chances são maiores. Jornadas de trabalho de treze horas, das seis da manhã às sete da noite. Pouca comida. O Unterscharführer Sauter, rápido na porrada. Mas aqui ele vai viver. Há meses está vivendo e assim continuará.

As grades se abrem de novo, um segundo comboio, sedãs, motos. Percebe que parou de cavar. Agacha-se no chão. Pica as ervas daninhas e suas raízes, areja o solo ressecado pelos dias da primavera, e essa secura lhe traz de novo à mente a sua boca em Dachau. Pica e solta a seiva das ervas daninhas no chão, umedece-o, vai buscar longe a água armazenada sob a superfície, nas entranhas da terra. Quanto mais fundo cava, mais viva ela volta a ser. Com seu cheiro, os insetos vêm à superfície. Minhocas. Baratas. Ele junta um punhado de terra, põe na boca, mastiga, deve haver nela alguma coisa que alimente, pois os insetos vivem dela. Não tem muito gosto, textura crocante, terra é areia, água, vida. Ele cospe. Cospe com saliva espessa como muco. Cospe e cava.

Em Dachau, às vezes bebia a água de um brejo, quando passava por sua proximidade ao ir trabalhar. Tinha a gamela pronta muito antes de chegar à altura do local da água. Assim que possível, corria para a lagoa quase preta. Atrás, vinha o Kapo com seus cães. Mas Marek voltava com rapidez suficiente ao bando de prisioneiros, que o envolvia, e ele desaparecia. Os outros diziam que ele era louco, que os cachorros acabariam por pegá-lo, que era água parada, água ruim, que dava disenteria. Para Marek, não era um brejo, água parada, lodo, era vida.

Ainda tem na boca o gosto, a consistência do limo.

Cospe, a saliva preta logo é absorvida pela terra, ele cava.

Apesar da angústia, sabe que aqueles comboios não o ameaçam. O sol já está alto. E o tempo está a seu favor. Se a moça o tivesse denunciado ontem, ao voltar para a Casa, teriam ido procurá-lo logo em seguida. Se ela não o denunciou ontem, talvez não o denuncie hoje. Talvez nunca. Uma moça tão nova, porém, quase criança, e as crianças não pensam; com o menor medo, falam, batem com a língua nos dentes. Por que aquela alemãzinha ficaria calada? O que está esperando? Ele preferiria que ela falasse logo, que acabassem com aquilo. Preferiria fugir, para longe. Teria sua chance. Ele olha para os campos. Todos aqueles carros. Seria uma cortina de fumaça? E ele não vê Sauter. Gostaria de vê-lo, para se livrar da tentação de fugir.

Helga

Quando ele entra no saguão, acompanhado pelo doutor Ebner, ela prende a respiração. Os dois homens, de uniforme de gala, trocam algumas palavras perdidas na música de Schubert, que diminui e para. O Reichsführer dirige-se às queridas, queridas mães do Heim, e queridas irmãs, *Schwestern*:

— Que alegria estar aqui, entre as senhoras, podermos celebrar juntos essas crianças, nosso futuro — voz suave, pausada.

Ele mesmo é o orgulhoso *Patenonkel*, o orgulhoso padrinho, de quarenta e sete crianças nascidas nos *Heime*; e continuará mantendo sob sua guarda todos os bebês que nascerem no dia de seu aniversário, 8 de outubro. Explica por que a Bênção do Nome é importante e até crucial: ela inserirá esses pequeninos na grande comunidade SS.

— Graças às senhoras, queridas mães, que são *vom besten Blut*, do melhor sangue, e souberam escolher um parceiro de valor superior do ponto de vista racial, bastarão algumas gerações para que desapareça de nossa Alemanha todo e qualquer vestígio de sangue impuro. Um século no máximo. Nossos *Heime* são concebidos para que neles nasçam os mais magníficos elementos de nossa raça: vossos filhos. Nossa religião é nosso sangue.

"Também vos agradeço, queridas mães. A maternidade é a mais nobre missão das mulheres alemãs. Os perigos a que sois expostas pelo parto, quando servis assim vosso povo e vossa pátria, equivalem aos do combatente no fogo da batalha. Em contrapartida, a Alemanha compromete-se a vos proteger, assim como a vossos filhos, e a vos preservar de trabalhos físicos capazes de prejudicar vossa fecundidade. Cada uma de vós deve poder trazer ao mundo tantos filhos quantos desejar. Nossa Alemanha precisa de crianças."

A voz dele fica embargada:

— Queridas mães, vossos filhos me consolam da morte de nossos rapazes no campo de batalha, longe de casa, pelo Reich. Nossos filhos do melhor sangue se sacrificam.

O rosto de Helga se franze dolorosamente. O Reichsführer sobe o tom, com ênfase:

— Vossos filhos são da raça dos novos cavaleiros, que, a toda marcha, deverão arcar com a maior de todas as revoluções. E são também — uma pausa — nossa futura vitória.

O Reichsführer está comovido, sem lágrimas. Helga enxuga os olhos. Nesse momento, um pequeno começa a chorar, e o Reichsführer sorri com compostura:

— Um futuro Senhor da Guerra, esse aí.

Todas riem.

Ele então pede que Frau Gudrun e seu filho se adiantem. Helga tem um nó na garganta, como se fosse para ela o convite a aproximar-se. Espana com a mão o avental de algodão imaculado, sem uma prega, une as mãos. Mãos secas, lavadas, desinfetadas com demasiada frequência. Frau Gudrun, intimidada, deposita o pequenino na almofada diante do altar, arruma o vestido branco e se volta para o Reichsführer. Depois de um momento de silêncio:

— Está pronta, na qualidade de mãe alemã, a criar seu filho no espírito nacional-socialista?

Ela responde com um aperto de mão:

— *Ja.*

Em seguida, ele se volta para o padrinho, soldado muito jovem, que cresceu depressa demais:

— Camarada SS, na qualidade de padrinho da criança, está pronto a prestar auxílio pessoalmente a essa mãe e a seu filho em caso de perigo ou necessidade?

Ele responde apertando-lhe a mão:

— *Ja.*

— Está pronto para cuidar da educação dessa criança dentro do espírito de nossa comunidade SS?

Novo aperto de mão:

— *Ja.*

Helga se apanha murmurando "*Ja*", junto com Frau Gudrun e o militar. Com cada uma das mulheres e cada um dos soldados, ela murmura "*Ja*", como se rezasse.

A última a passar é Frau Geertrui. Só Helga nota seu ligeiro tremor, ouve o minúsculo tremular de seus "*Ja*". Imagina que deve estar úmida a mão que ela estende ao Reichsführer. Derretendo-se. Repugnando-o talvez. Ele larga a mão dela, Helga está quase aliviada.

Ele se volta para o menino. Estende a adaga acima dele e o toca:

— Ponho-te agora sob a proteção de nossa comunidade e te dou o nome de Jürgen. Usa esse nome com honra.

Os presentes se levantam. Uma mulher, com as mãos sobre os olhos, chora. Alguns bebês fazem ruídos com a boca, um deles está impaciente, outro começa a vagir. Jürgen está muito comportado.

O doutor Ebner agradece mais uma vez ao Reichsführer e felicita as mães. Faz um sinal com a cabeça para os padrinhos. Eles então entoam o *SS-Treuelied*, canto da fidelidade SS, com uma saudação nazista. As mulheres logo os imitam, algumas acompanham o canto, Helga conhece o início e o fim.

> *Estrelas, sois nossas testemunhas,*
> *Olhando tranquilas aqui para baixo:*
> *Quando todos os irmãos se calam,*
> *E se entregam a falsos deuses,*
> *Nós só temos uma palavra,*
> *Damos as costas à nossa infância,*
> *Falaremos e oraremos,*
> *Pelo Reich eterno e sagrado.*

Longo silêncio. Os braços estendidos descem. Obedecendo a um sinal do doutor, todos se dirigem para a sala de convívio, exceto as mães, que, seguindo Schwester Margot, levam os filhos para o andar de cima. Bulício. Vozes. Cheiro de café, o de verdade, não o infame *Ersatz*. Mulheres de pé, em grupinhos, alegres, risonhas, sob uma luz de fim de verão. Helga não está longe do médico, sabe que ele gosta de tê-la por perto nas cerimônias, quer se trate de uma Bênção do Nome, quer de um casamento. Ele está falando com o Reichsführer, cujas palavras ela distingue quando ele se anima e eleva a voz:

— Não há jeito de acelerar o programa, *mein Freund*, meu amigo? — E um pouco mais baixo: — Estamos perdendo muitos homens.

— *Mein Reichsführer*, daqui a trinta anos teremos seis regimentos a mais, graças aos Lebensborn. Mas não podemos acelerar o tempo.

— Que injustiça um soldado morrer num instante e demorar dezesseis anos para crescer. — Balança a cabeça com pena. — Em termos de coragem, nosso 12. SS-Panzer-Division supera as divisões de adultos, mas a temeridade dos muito jovens os expõe mais do que os homens feitos. É uma pena, morrem tantos.

Gosto de manteiga encorpada e dura sobre o brioche fresco, pouco açucarado. Helga para de mastigar, pobres meninos na Normandia.

A voz dos dois homens de novo mais baixa, e Helga percebe que o Reichsführer está fazendo um sinal para que ela se aproxime.

— Schwester Helga, *mein Reichsführer* — diz o doutor. — Minha secretária, meu indispensável braço direito.

— *Angenehm,* Schwester Helga, encantado.

Ele a olha fixamente.

— Que beldade. *Rein nordisch doch*, tipo nórdico puro, não é? Uma beleza natural. — E se dirige ao doutor: — A propósito, *mein Freund*, acredito ter visto batom e pó de arroz em algumas mães.

— É um dia especial, Reichsführer. O senhor sabe que...

— A mulher alemã não precisa de artifícios.

— Como o senhor ordenou, enviei uma circular a todos os *Heime* nesse sentido. Proibição total para o pessoal. No entanto, algumas mães...

— É lamentável. Você está sabendo dos rumores insensatos que circulam a respeito de nossos estabelecimentos, que, no entanto, são irrepreensíveis. Não se deve dar nenhum ensejo às más línguas. Desde já é preciso banir toda indecência. Nada de maquiagem em nossos lares, jamais.

— Cuidarei disso, Reichsführer. — O médico, com ar contrito, limpa seus óculos minúsculos com um lenço. — Gostaria de dar uma volta pelo Heim...?

— *Ja! Sicher!** Vamos começar pela cozinha.

Os dois se afastam, Helga fica. Na mão direita, continua segurando o brioche, que não tocou mais. O Reichsführer se volta para ela:

— *Kommen Sie doch mit*, Schwester Helga, venha conosco. E diga de que região da Alemanha nos chega tão bela pessoa?

Helga, que não sabe como se desfazer do brioche, o desliza discretamente para dentro do bolso do avental.

— De Grasberg, Herr Reichsführer. Perto de Bremen.

— *Wirklich*, é mesmo? E é casada? Não, não é. Que pena. Espero que em breve faça a felicidade de um de nossos SS.

Ele suspira. Volta-se para o médico:

— Vou aumentar mais a taxa Lebensborn dos SS solteiros. Vou depená-los, e garanto que logo se cansarão do celibato.

---

* Sim! Claro!

Na cozinha, cinco mulheres estão atarefadas. Prisioneiras com roupa civil, todas Testemunhas de Jeová alemãs. Fisicamente, parecem-se com as internas, mesma idade, mesmo jeito. Quando avistam as fardas e distinguem o Reichsführer, imobilizam-se uma após outra. Abaixam a cabeça. Olham para as mãos, para a panela, para a tábua de carne.

Ele se aproxima da mais velha, pergunta-lhe se é responsável pela cozinha.

— *Jawohl*, Herr Reichsführer.

Ela fala sem erguer os olhos, com voz trêmula.

— E o que você serve às mães do Heim no desjejum?

— Herr Reichsführer, às vezes pão, às vezes cereais.

— *Nein nein nein* — ele eleva a voz, descontente. — É preciso servir mingau de aveia todos os dias!

E voltando-se para o doutor:

— Já não falamos sobre esse assunto?

— É que algumas mães temem ganhar peso, Reichsführer.

— Mas é um alimento que nos vem dos ingleses, *mein Freund*, e veja só a silhueta deles. Veja só lorde Halifax! Que corpo esbelto! Prova de que o mingau de aveia não influi nada no peso das pessoas de qualidade! As mães de nossos lares se acostumarão a comer mingau de aveia e deverão inculcar esse hábito em suas crianças.

Uma panela transborda. A mulher corre para a tampa, solta uma espécie de suspiro, queimou a mão. A água fervente se derramou nas chapas. Seu rosto se crispa. Ela desliga o gás. Olhos voltados para o chão.

O Reichsführer vira-se, balançando a cabeça, preocupado.

Diário da Schwester Helga

Heim Hochland, 3 de setembro de 1944

Depois da cerimônia, visitamos o Heim com o Reichsführer e o doutor! Que emoção. Como é difícil encontrar palavras à altura dos acontecimentos.

Na maneira de falar do Reichsführer, eu reconhecia sua maneira de escrever; eu que faço a triagem da correspondência do doutor. Eles se escrevem com frequência: o doutor é ex-médico pessoal dele, e os dois já frequentavam a mesma fraternidade estudantil em Munique, bem próxima daqui.

Gostaria de dizer tantas coisas sobre esse dia. Não sei por onde começar. Meu coração ainda está batendo com força. Preciso de um pouco de tempo para que tudo aquilo se sedimente.

Só uma coisa me causa pesar: não lhe ter dito que fui eu que redigi o relatório detalhado, há oito meses, sobre o pequeno Karel, que tanto o emocionou. Essa criança infeliz morreu de pneumonia com doze dias. Fui uma daquelas que o assistiram em suas últimas horas, coitadinho, morto por asfixia, apesar de todos os nossos esforços, um menininho tão lindo. Na última madrugada, a cianose resistia, por mais que fizéssemos; sua respiração sibilava, roncava, e o oxigênio que lhe chegava não era suficiente. Era como vê-lo afogar-se, sem poder lhe estender a mão. Uma noite medonha, terrível, a segurá-lo de bruços no colo, massageando suas costas e rezando para que ele respirasse, Schätzchen,* respire respire respire, e meu fôlego dependendo

---

* Tesourinho.

do dele. No dia seguinte, precisei datilografar o relato completo, hora por hora, minuto por minuto, chorando. O doutor me disse que, ao ler meu relatório, o Reichsführer também chorou. E que a morte de um bebê de nossos lares sempre lhe arranca lágrimas. Nisso se vê que a guerra não endureceu seu coração. É na adversidade que se dimensiona a nobreza da alma. Sempre penso em Karel quando ouço o nome do Reichsführer, nas lágrimas que derramamos pela mesma criança morta em meus braços. Mas ele, claro, esqueceu o nome daquela que escreveu o relatório. Nem pensei nisso enquanto o levávamos para visitar o Heim. Além do mais, eu não teria ousado lhe dirigir a palavra.

Ele me perguntou de onde vinha e se era casada. Não corro o risco de me casar tão cedo, vivendo no meio de mães solteiras e noivas de SS. Algumas mulheres casadas aqui têm minha idade, e às vezes são mais novas que eu. Essa guerra não acaba, e eu estou envelhecendo.

A cada cerimônia, penso na minha primeira Bênção do Nome, no Heim Friesland. Na época o espetáculo me pareceu estranho e até me fez sorrir: todos aqueles bebês, dez ou quinze, "cavaleiros da Nova Ordem" com apenas alguns dias de idade, um após outro consagrado com um golpe da enorme adaga em plena barriga. Com seus movimentozinhos anárquicos, não é nada tranquilizador vê-los debaixo daquela arma tão pesada. Também havia aquele discurso sobre o repovoamento, que não me agradou muito. Um dos padrinhos enfileirados, com uniforme de gala, me olhava, e seu "afilhado" era a menor de suas preocupações. Olhava-me insistentemente, com um sorrisinho. Chamava-se Bernhard, tinha voz bonita. Eu estava em serviço e, um pouco por timidez, um pouco por orgulho, livrei-me dele dizendo que tinha trabalho para fazer, Heil Hitler! *E voltei para a sala dos recém-nascidos.*

Eu ainda tinha uma cabeça tão jovem, achava que tinha a vida pela frente. Tão inutilmente orgulhosa. No entanto, ele era bonito. Talvez gentil. O que será dele agora? Estará vivo ainda?

Mas, agora, cada Bênção do Nome me fará pensar principalmente nessa em que tive a honra de conhecer nosso Reichsführer.

Ela para de escrever. Olha direto à frente, com um pequeno movimento dos lábios, que acaba por apertar. E passa a dar atenção a um cartão-postal que pegou na recepção, *Cada mãe de bom sangue é santa para nós*, frase do Reichsführer, justamente, por ele repetida durante a Bênção. A imagem, uma mulher sorrindo como uma madona para seu filho. Fechando o caderno, a Schwester Helga olha o lago, que reflete o final do dia, depois a luz na pele de seus braços e de suas mãos.

São 19h15, risos, gritinhos, as mulheres estão voltando do passeio da noite, em grupos de duas ou três. Atrás das outras, Frau Geertrui anda sozinha. Helga se levanta com o caderno na mão, desamassa o avental, espana com a mão a parte de trás do vestido, algumas pedrinhas rolam dos degraus. Ela entra no prédio. Já quase no primeiro andar, sente o contato de uma mão. É Frau Geertrui, ofegante. Diz que seu filho continua praticamente sem querer mamar. Naquela mesma noite, ela o mantivera quase uma hora contra o peito, e nada, nenhum movimento, e no entanto ele não estava adormecido, seus olhos se abriam. Ela faz força para ter calma, segura as lágrimas. Helga promete a Frau Geertrui que pedirá pessoalmente ao doutor que examine seu filho na manhã seguinte. Como resposta, a jovem mãe quase gagueja, *danke danke danke*, e quer pegar sua mão, mas Helga recua instintivamente e lhe deseja boa noite.

Antes de se deitar, acrescenta em seu diário um *post-scriptum*: *O pequeno Jürgen continua não querendo mamar. Essa criança me preocupa. Na sala de amamentação, a Oberschwester disse na frente de Frau Geertrui que o menino não é normal.*

Renée

O tempo passado com Artur se conta em horas e dias; o da fuga, em semanas, e parece que esta não acabou. Daquele trem quase vazio, em direção a Lisieux para alcançar Paris, ela nunca saiu de verdade. É uma viagem que não chegou ao verdadeiro destino — Artur —, e aquilo de que ela fugiu continua a persegui-la. Desde então, ela tem na boca aquele gosto, amargo e ferroso, e, em vez de achar que é causado pela criança por nascer, ela está certa de que é o gosto da humilhação, que se intensifica quando aumenta o tempo após a refeição, que se mistura aos alimentos e até à água que ela bebe, que às vezes a acorda de manhã ou de madrugada. No vagão, ela estava sozinha, com o coração batendo. Não tinha nada, não tinha mala, apenas uma bolsa. No forro, havia costurado a foto de Artur, as duas cartas e um pouco de dinheiro. Deixar de pensar nisso. Artur Feuerbach. Ela se esforça para voltar à obsessão habitual e, assim, evitar pensar na captura.

Percorridos uns poucos quilômetros, o trem para fora da estação. Então ela vê surgir de todos os lados, saindo do mato, gente das Forças Francesas do Interior; muitos estavam à paisana, na maioria homens, algumas mulheres. Eles entram no trem e as obrigam a descer — ela e outra moça um pouco mais velha, vinte e cinco anos, talvez. Levam-nas para uma escola. Ao chegarem, um deles, de cabelos bem assentados, olhar sombrio e determinado, tenta protegê-la: "É uma criança." Alguém responde: "Não existe mais criança", arranca-lhe a bolsa, abre-a, depois a emborca e sacode. Caem um pente, um porta-moedas, uma caixa de pó de arroz. Então ele pega um canivete e rasga o forro. Puxa a foto de Artur Feuerbach, que ele rasga e joga no rosto dela. Pega o envelope, desdobra a primeira carta, escrita em alemão, amarrota-a, abre a segunda e faz uma boquinha em forma de coração para ler alto as palavras de amor em francês, imitando a pronúncia alemã, "CHE FOUS AIME", e solta "ICHE LIBE DICHE" com uma pronúncia francesa cortante como faca. Depois a rasga e joga no rosto dela. Ela recolhe, ajoelhada, e ele cospe nos seus dedos. Ela enxuga no chão o dorso da mão. Levanta-se, com o rostinho bonito como um punho cerrado e os cabelos ruivos mais volumosos que nunca.

Fica presa, com a outra mulher, numa sala de aula. Dois colchões no chão e um balde. Isso dura sete dias, depois elas são retiradas para "serem julgadas", como diz um deles. Não há processo. Diante da prefeitura de Esquay--Notre-Dame, metade em escombros, algumas centenas de pessoas se apinham, delirantes de alegria. Ela é escoltada até a esplanada sob vaias e aplausos. Mandam-na baixar a cabeça. Um homem segura seus braços, outro lhe passa uma tosquiadeira nos cabelos. A cada mecha que cai, a multidão bate palmas, homens e mulheres gritam injúrias, as mechas são espetaculares, chamas que vão lamber o chão, unir-se à poeira e às pedras desconjuntadas. Quando ela levanta a cabeça, um tomate podre se esborracha em seu rosto, corre por sua face. Gritos de júbilo, aplausos redobrados. Não muito longe, na multidão densa, ela reconhece o porteiro do hotel, que sempre tinha sido gentil, gritando tão alto quanto os outros. Ela não grita, ela não chora. Seu coração parou de bater. Agora ela parece um rapazola bonitinho, mas perdido, um animal pálido e pelado, uma boneca de cera sem peruca, parece muitas coisas, nunca mais será ela mesma.

Com a outra moça, também tosquiada, é obrigada a montar numa carroça que, puxada por um cavalo velho, abre caminho em meio à multidão, para que todos possam tirar proveito daquilo. Ao lado dela, um homem, com um sorriso largo e vitorioso, acaricia-lhe o crânio como se fosse a cabeça de um cachorrinho. Abaixo da carroça, outro lhe puxa o vestido para arrancá-lo, uma costura cede, ela se debate como um gato selvagem, puxa para cima a barra do vestido, soam assobios de todos os lados. Histéricas de ódio, algumas mulheres urram xingamentos e obscenidades. A carroça se parece com aquelas nas quais antigamente eram exibidos os condenados à morte.

Isso dura várias horas. Quando termina, a multidão está mais ou menos dispersa, porém muitos estão bêbados. Ela é apeada perto da prefeitura. Uns últimos insultos, mas sem muito ânimo. Mesmo os homens que as cercavam na carroça parecem cansados e já estão olhando para outro lado, para outras festas, abandonando as duas mulheres agora invisíveis. O único que ficou para trás foi o homem de olhos pretos que tinha tentado proteger Renée. Dá a ela e à outra um pouco de dinheiro e um pedaço de camisa rasgada para servir de xale. No olhar, ele tem algo de triste. Afasta-se.

No trem, no dia seguinte, nenhum olhar para a paisagem que desfila. Ela só tem olhos para suas mãos, suas unhas sujas. Está sozinha num compartimento.

Com um grampo encontrado na bolsa, arranca a pele da face interna dos braços, corta sulcos de sangue, com o gesto repetitivo e mecânico de quem talha um pedaço de pau, grava em madeira dura, afia uma lâmina. O sangue vai aparecendo aos poucos, em pontos irregulares, depois forma linhas, aglomera-se em gotas e escorre. Cai no chão encerado. Ela não sente nada.

Seus pais a abandonaram. A França cuspiu em seu rosto. E agora quer matar Artur Feuerbach.

Portanto, ela se tornará alemã.

Lisieux, Paris, Chantilly. A partir do vilarejo de Lamorlaye, ela percorre os últimos quilômetros por um caminho de terra entre bosques de faia. O prédio está próximo, quando dois cachorros grandes, pastores-alemães, correm em sua direção. Vêm latindo, e ela se imobiliza, aterrorizada. Sente suas veias pulsáteis afluindo para a superfície, sente um rubor de sangue, quase vibra. Dois SS chegam a passos largos. Com rostos jovens e barbeados, têm rostos parecidos abaixo dos capacetes. Ela pensa em Artur. Entrega a carta amassada, destinada ao médico de Lamorlaye. Eles a guiam sem uma palavra, ela os segue. Atrás do portal de entrada, pequenas construções, cheiro de estrebaria. Um tanque em forma de cruz cercado por gramado quadrado. A mansão de Bois-Larris: quando a vê, diminui o passo, tão gigantesca lhe parece. Pedra branca e tijolo vermelho, enxaimel azul na fachada e pinázios nas janelas. É o estilo de certas casas ricas de sua região. Acima da porta larga, uma moldura, um cervo a galope. E ao lado, branco sobre preto, a bandeira da SS.

Quem abre é uma enfermeira; pega o envelope, deixa-a plantada no saguão. Depois volta com um homem de uns trinta anos, à paisana, mas com botas da SS, rosto quadrado, nariz reto e pontudo. Tem na mão a carta aberta.

— *Ich grüsse Sie, Fräulein*, bom dia, senhorita.

Forte sotaque alemão, o mesmo de Artur. Faz-lhe sinal para segui-lo e lhe abre a porta de um consultório médico. O aposento é mais alto que largo. Parquê, estantes de livros nas paredes e, no centro, uma escrivaninha, tudo de carvalho maciço. Num canto, um biombo e uma cama médica. Luz. A luz forte entra por três amplas janelas, esparram-se sobre toda aquela madeira, aquecendo-a em suas fibras macias e douradas. Madeira encerada, quase oleosa. No sol, flutuam partículas de poeira. Ele lhe diz que tire a roupa, indicando o biombo. Ela tem vergonha do vestido, com barra rasgada, que está usando há quase uma semana, vergonha da roupa de baixo encardida. Acha que está fedendo, nos últimos dias aconteceu-lhe sentir seu próprio cheiro. O vestido se espalha sobre o vime do biombo, catinga de suor, de cheirume mamífero.

Renée aparece de roupas de baixo, algodão duvidoso, em sua pele tão leitosa que parece quase azul. É franzina, corpo miúdo de adolescente. Tenta se esconder atrás dos braços.

— Tire tudo, *bitte*. Por favor.

Renée aperta os dentes. Tira.

Nua, com o sexo sob a mão esquerda, aproxima-se com passinhos curtos.

Ele a observa avançar. Ela ergue os olhos com dureza e, na luz cortante, seu olhar é um incêndio, uma ferida. Ele se levanta e segura seu queixo, impede que ela recue. Examina a estranheza das íris, como se pudesse se tratar de uma doença. Sua boca treme. Ela toda treme. Ele larga.

Manda-a se deitar na cama médica. Apalpa seu baixo-ventre, acima do sexo, abaixo do umbigo, por alguns instantes. Ela desvia os olhos enquanto ele a mede, do púbis ao alto do útero. "*Fünf.* Cinco semanas", diz ele. Depois, interrogativo: "Cinco semanas?" Ela aquiesce. Dois ou três dias a mais ou a menos, cinco. Ele sorri. Frau Renée tem as mãos pegajosas e o cheiro típico das ruivas quando transpiram. Em seguida, ele atenta para seus braços, para os arranhões suspeitos. Franze a testa.

Diz-lhe alguma coisa em alemão num tom amável, com a intenção evidente de deixá-la à vontade, ela não entende. Ele desiste. Avalia seu tremor, que persiste, vê o porejamento em sua pele, analisa seus olhos de fera escorchada: "A senhora está *nervöse*. Não precisa, as *grosse Emotionen* são *ganz schlecht*, ruins, para a criança."

Frau Renée está com os nervos à flor da pele, escarlate, palpitante, o afluxo do sangue apaga as sardas que a constelam. E um começo de choro torna aquático o verde de seus olhos, com uma alga cor de laranja brilhando no fundo. O doutor constata: "Como eu digo. *Alles gut,* bom, muito bom." Tudo vai correr muito bem.

Ele chama a enfermeira. Dita-lhe uns números. Mede Renée em pé. Sentada. Agachada. Mede seu quadril, a

62

cintura, o peito. O perímetro cefálico, o diâmetro biparietal, o espaço interocular, a testa. O espaço entre o nariz e os lábios, o que separa as duas extremidades da mandíbula. O nariz, no comprimento, na largura. Os lábios. Ausculta o crânio, cada concavidade, cada saliência. Passa um dedo sobre o osso das órbitas, a íris é uma chama que treme.

Afasta-se um pouco. Ela logo fecha os olhos. Sente-se melhor de olhos fechados.

Ele manda abri-los. Com uma das mãos segura um mapa de cores, com íris pintadas de todas as cores, em várias linhas, da mais clara à preta. Mede a cor de seus olhos. Número e letra.

Outro mapa de cores, de cabelos, como no cabeleireiro. Mechas, das mais loiras ao preto. Mede seu ruivor. Número e letra.

Por fim, com um terceiro mapa de cores, mede a brancura de sua tez, um branco leitoso. Número e letra.

Ele a manda abrir a boca e, segurando seu queixo, olha os dentes, como na goela de uma potranca. Número.

Bem no alto do documento. Estatura em pé, 167 centímetros. Estatura sentada, 82 centímetros. Peso, 47 kg.

Um quadro, vinte e um itens, para pontuar de 1 a 5, sendo 1 a melhor nota. Estatura, Compleição física, Porte, Comprimento das pernas, Forma craniana, Nuca, Forma facial, Osso do nariz, Altura do nariz, Largura do nariz, Pômulos, Profundidade das órbitas, Forma das pálpebras, Estrutura epicântica, Lábios, Queixo, Estrutura capilar, Pilosidade corporal, Cor dos cabelos, Cor dos olhos, Cor da pele. 2. Alta. 1. Fina. 1. Muito ereto. 2. Compridas. 1. Muito longa. 1. Saliente. 1. Oval estreito. 1. Reto. 1. Muito alto. 1. Muito estreito. 1. Não aparentes. 2. Profunda. 1. Afilada. 1. Ligeira dobra cutânea. 1. Finos. 2. Pronunciado. 1. Rígida. 1. Pouca. 2. Loiro arruivado. Na "Cor dos olhos", sua mão se imobiliza, parece hesitar, azul 1a-2b, não, tica sem convicção 2. Azul acinzentado. 1. Branco rosado.

Depois dita à enfermeira alguma coisa em alemão, que Renée não entende: "Principalmente nórdico, leve influência dinárica, alguns traços ósticos, discretos."

O quarto ao qual a Schwester a leva no andar de cima é grande e tem cheiro de ambiente fechado. Ela se senta na cama. Pouco depois, uma empregada traz sopa e pão preto, e os deixa na pequena escrivaninha. Renée espera que a porta seja fechada e devora tudo. Está com a boca cheia e os dedos sujos quando a mulher entra de novo; ela fica envergonhada por ser apanhada assim e limpa a boca com o dorso do punho. A empregada põe no chão uma bacia de água com um pedaço de sabão e, no encosto da cadeira, um vestido listrado.

Renée se lava, enfia o vestido: muito grande, mas limpo, com cheiro de roupa lavada. Depois lava a meia camisa que lhe serve de turbante, a roupa de baixo e o vestido que não trocou nas últimas duas semanas. O pedaço de sabão derrete. A água fica escura, o vestido continua sujo. Renée o torce e o põe para secar na cadeira, com a bacia embaixo. De vez em quando cai uma gota de água, minúsculo ruído de cristal. A noite chegou.

Há um espelhinho na parede perto da porta. Ela não se aproxima dele.

No Heim Westwald de Lamorlaye, ela fica vinte e três dias. Nenhuma carta de Artur. Em 9 de agosto de 1944, grande agitação, os Aliados avançam para Paris; num caminhão, amontoam-se berços, baús, documentos. Em 10 de agosto, às 5 da manhã, outros dois caminhões militares estacionam diante do pórtico de entrada. Com três enfermeiras, as sete crianças que moram no Heim, Renée e outra francesa embarcam para a Alemanha. Dois dias de viagem, por atalhos.

Heim Taunus, perto de Wiesbaden, uma noite.

Heim Hochland.

Uma estrada, uma igreja, um vilarejo. O veículo para diante de uma alameda particular. Saindo de uma guarita, um soldado abre uma grade decorada com runas. O caminhão entra: um prédio branco de dois andares, nove janelas por andar, ligado por uma espécie de galeria a outro prédio. Mais bonito que um quartel, porém grande demais para não parecer solene. E, tal como na entrada dos outros *Heime*, a bandeira da SS. Diante da grande porta de madeira está uma enfermeira. Ela sorri, sorriso gentil, leitoso.

À medida que foi afundando na Alemanha, Renée foi se afastando de si mesma, perdendo aos poucos pertencimento e consistência. Afastou-se de Artur, de quem só conhece o nome. Às vezes acha que não lhe resta nada. Não lhe resta nada nem ninguém, mas ao menos nunca mais teve fome. Terá vendido a alma, seu país e a honra para comer?

Marek

Ele não vê de imediato o pão sobre a pedra. Já está se servindo de cascas, com a mão cheia e as unhas sujas de terra. Suas mãos, com arranhões e feridas, estão marcadas por cicatrizes e calos. Patas, garras, voracidade. E ele já levou o primeiro punhado à boca, quando vê. O pão. Uma grande fatia de pão com manteiga. Corre até ele, devora, olhando para todos os lados, como que perseguido, ninguém, ninguém, com medo de ser impedido. Engole, temendo que não haja tempo. Tudo aquilo se dissolve em sua língua e logo faz desaparecer o amargor instalado em sua garganta. Mas não a fome. Ele recolhe bem depressa as cascas que tinha deixado cair. Recolhe, enfia os resíduos nos bolsos, pega suas ferramentas e corre, corre, para os arbustos que está cortando hoje.

Sem fôlego, com algumas migalhas de pão ainda coladas ao céu da boca, retoma o tesourão e o forcado que havia escondido na vegetação. Volta a cortar. Gosto ainda de pão e manteiga, uma espessa camada em dissolução, gorda, e ele limpa com a palma da mão a gordura que ficou nas faces, depois lambe os dedos. Pão como aquele que ele comia *antes.* O dos prisioneiros é preto, feito com farinha de castanha e uma mistura de coisas indefiníveis; nele se encontram partículas de madeira, serragem, pedaços de palha, e às vezes pontos de mofo. Trezentos gramas à noite, com uma espécie de melaço. O gosto do pão com manteiga se prolonga no afluxo de saliva que sua lembrança provoca. Grãos de areia rangem entre seus dentes.

Nem uma única vez ele pensa na maneira como aquele pão com manteiga pode ter chegado lá. Pouco lhe importa.

Sua respiração ainda não voltou ao normal quando a voz do Unterscharführer Sauter o faz virar-se; voz que ladra acima dele, terminando com uma espécie de ganido. Ele gela: Sauter, desvairado de raiva, berra e desaba sobre ele. Está ladeado por dois soldados. Marek baixa o tesourão, olhando para o chão. Então ela falou. Ele para de respirar, e seu coração, batendo forte por causa da corrida recente, o enche por completo. O SS urra em sua língua bárbara, que Marek nem tenta entender. Depois, bate em seu peito com a ponta do cassetete e o faz recuar um passo, "*Wo warst du?*", onde você estava?, e Marek ergue os olhos. Gagueja, gagueja que precisava, que precisava, que as latrinas. Sua pálpebra esquerda pisca, indômita, a mentira deve ser visível, todo o seu olho treme como uma asa de inseto. "*Zwanzig!*", vinte, quer dizer vinte chicotadas. E Marek suspira, quase chora de alívio.

Cacetadas, punição costumeira.

Quer dizer que não será mandado de volta a Dachau.

E que ela não falou.

Helga

É um quarto que ninguém usa, porque o encanamento está avariado. Cortinas fechadas e esse cheiro; Helga abre as cortinas e a janela. O ar da noite entra, sereno e rosado, um pouco açucarado. Na cama, Frau Geertrui está meio deitada, com seu bebê que não chora, não chora nunca, coisinha mole que ela cola ao seio como uma boneca de pano. Ela não ergueu os olhos quando a enfermeira entrou, nem quando abriu a janela. Está beijando a cabeça de seu pequeno, como se ele estivesse morto.

— Terceiro princípio de cuidado: ar e sol. Desse ponto de vista, os bebês são iguais a plantinhas, Frau Geertrui. Sempre arejar muito, levá-los para fora sempre que possível, deixá-los expostos à luz. Também é importante alimentá-los.

Helga diz isso em tom alegre. Criar as crianças ao ar livre é o que a doutora Johanna Haarer preconiza em sua obra dedicada à mãe alemã. Ela se apega com frequência a esse livro em caso de dúvida ou quando não se sente muito à vontade, como agora. Frau Geertrui não está ouvindo, doutora Haarer, sol, ar, nada disso lhe diz coisa alguma, nada mais existe para ela além do filho calmo demais, criança que nunca tem fome. Ao ser informada de que precisaria mudar de quarto para sua última noite no Heim, ela não reagiu.

Helga se senta na beirada da cama:

— Como ele é lindo, um belo menino, uma carinha de anjo.

A outra finalmente olha para ela, com seus pobres olhos inchados, íris cinzenta tão clara no meio de todo aquele vermelho que dá dó de ver. Ela aperta o pequeno um pouco mais forte:

— Ele mamou, pegou o peito.

Mas Helga sabe, pela leitura do relatório do médico, que ele está fraco demais para se alimentar de verdade. Que seu problema é neurológico, sem dúvida congênito. Isso é bem pior, para as mães, do que um cordão umbilical enrolado ou mesmo um natimorto, pois nesse caso elas ficam sob a suspeita de não serem sadias. Jürgen não pode permanecer no Heim. A partir de amanhã, vai ser *umgesiedelt*, reinstalado, em Brandenburg-Görden, no sanatório psiquiátrico para crianças.

Helga entrega a Frau Geertrui uma mamadeira de leite em pó, que pegou na cozinha, discretamente. Lá só há leite artificial para as crianças cujas mães estejam doentes demais para alimentá-las, ou tenham ido embora, ou morrido. Todas as outras amamentam, no Heim todos sabem que é o que há de melhor. Frau Geertrui pega a mamadeira com um soluço, como se ela mesma estivesse morrendo de fome, e põe o bico entre os lábios do filho, que ensaia um pequeno movimento de sucção.

69

— Olhe, Schwester, está bebendo. Está bebendo. Ele tem sede.

Cheia de esperança. Um novo movimento de lábios. Ele já adormeceu.

— Ele precisa ser estimulado — diz Helga —, faça massagem nos pezinhos dele para ele ficar acordado.

Jürgen leva quase vinte minutos para beber vinte centilitros, como se não tivesse forças. Fraco e comportado demais para um recém-nascido. Chegando ao fim do primeiro quarto da mamadeira, ele adormece profundamente, e as carícias e preces não mudam nada.

— Ele está bem. Está vendo, Schwester? Ele está bem agora. É como a senhora disse, ele estava só um pouco cansado depois do parto.

Um esgar doloroso.

Com um braço, ela segura Jürgen adormecido, enquanto a outra mão se mantém sobre o peito dele. Helga entende. Pede-lhe que ponha Jürgen ao seu lado e se deite.

Frau Geertrui tem as mamas quentes e duras como pedras, é inevitável quando o bebê não suga direito. Ela tenta esvaziá-las sob o chuveiro, mas não basta. Sofre uma sequência de mastites e episódios de febre. A enfermeira começa a massagear suavemente o seio esquerdo. Frau Geertrui não grita, apenas pisca um pouco. Helga pensa que agradaria ao doutor saber que ela não grita; se Jürgen pelo menos fosse tão saudável quanto é bonito. O leite esguicha, inútil. O rosto de Frau Geertrui poreja, voltado para o filho. A massagem dura muito tempo, até que a carne congestionada do peito fique um pouco mais flexível, depois Helga vai pegar novos panos, uma bacia de água quente, uma luva de limpeza. Lava. Sobre cada uma das mamas, põe um pano dobrado que foi mergulhado na água quente e torcido. Frau Geertrui está com os olhos fechados, mas não dorme.

Helga lhe diz baixinho que amanhã Jürgen será tratado num hospital especializado. Estará nas mãos de um médico muito conceituado, o professor Hans Heinze. Ela vai precisar ser corajosa:

— Jürgen vai logo ficar bom.

Assim Helga espera, e haverá de fato alguma mentira, quando se espera de todo o coração dizer a verdade?

— Haverá outros bebês, Frau Geertrui. Também é preciso pensar neles. E na senhora. Eu lhe peço.

Ela está quase suplicando, é inapropriado, então aperta os lábios.

Num murmúrio, Frau Geertrui pergunta então, sem abrir os olhos:

— Ele vai morrer?

A Schwester Helga protesta, *absolut nicht*. A outra pergunta:

— Acha que eu poderia batizá-lo?

Helga se cala por um instante, faz que não com a cabeça, depois diz:

— Não, não é possível.

Elas não têm autorização sequer para ir à igreja do vilarejo. De alguns dos quartos do Heim é possível vê-la, é a igreja de São Galo, uma pequena construção branca, bonita, a apenas algumas centenas de metros dali. Ela mesma foi lá uma vez, quando acabava de chegar a Steinhöring, tudo era branco, claro e dourado, batistério de pedra natural inundado de luz; ela ainda não sabia que a entrada era proibida.

— Se ele for batizado, talvez fique protegido — diz Frau Geertrui.

Sua voz é um sopro, muito tênue. Seus olhos continuam fechados, mas as pálpebras tremem e estão molhadas.

Helga procura as palavras que poderão acalmá-la:

— Logo a senhora terá Jürgen de volta. Curado. Vai ser preciso deixá-lo ir tranquilamente amanhã. É importante.

Se Frau Geertrui se comportar mal amanhã, será muito ruim para ela, tudo ficará registrado no relatório. É absolutamente necessário que ela aceite o que lhe está acontecendo. Que ela se apequene e seja esquecida.

Percebendo que Frau Geertrui não presta atenção, ela tem um lampejo:

— É importante para Jürgen sentir que a mãe dele não tem medo, que ela é corajosa e confiante, os bebês sentem isso.

A outra finalmente olha para ela, com seus pobres olhos vermelhos e cinzentos, e Helga sabe que foi ouvida, que achou as palavras certas. Vontade de chorar, ela também. Tão aliviada de sair do quarto. Dirige-se à sala de convívio, onde anima a atividade da noite, obrigatória para todas as internas.

Diário da Schwester Helga
Folha intercalada

Heim Steinhöring

Mutterschulung mês de setembro de 1944

Dia	Tipo	Tema	Palestrante
1	Comunidade	Questões de educação: do lactente à primeira infância	Schwester Margot
2	Comunidade	Danças folclóricas, seguidas por cantos populares alemães	
3	Comunidade, funcionários inclusive	Bênção do Nome	
6	*Gemeinschaftsempfang*, rádio	Discurso do Führer em Sarrebruck	
8	Comunidade	Os inimigos do nacional--socialismo, 2ª parte, O judaísmo	Dr. Ebner
9	Comunidade	*Mein Kampf*: leitura em voz alta	Frau Benedikte
12	Comunidade	Passeio pela história da Alemanha	Schwester Margot
18	Comunidade	Cuidados dispensados ao lactente: higiene, 1ª parte. Troca das fraldas Seguido de Proteção raides aéreos: exercício	Schwester Helga
20	Comunidade	Cantos populares alemães	
24	*Gemeinschaftsempfang*, rádio	Discurso do Reichsminister Dr. Goebbels em Hamburgo: a Lei Superior	

(Continua)

(Continuação)

Dia	Tipo	Tema	Palestrante
27	Comunidade	O catolicismo político, 3ª parte. A ordem jesuíta	Dr. Ebner
29	Comunidade	Festas da comunidade SS: a) Bênção do Nome, Casamento, Consagração da Juventude b) Feriados etc.	Dr. Ebner

Renée

— Primeiro princípio de cuidado: *Reinlichkeit!*, pureza e higiene acima de tudo.

Na extremidade da mesa, um menino vestido com uma simples camisetinha balbucia de costas. Ao lado dele, fraldas dobradas e empilhadas, de um branco quase azulado.

— Como sabem, os povos civilizados de raça branca usam fraldas.

A Schwester Helga, loiríssima, muito bonita, um pouco severa com seus cabelos puxados para trás, mostra a pilha com a mão. Renée está feliz por ser ela quem anima a noite, é a única enfermeira que a cumprimenta e sempre lhe sorri, que até tenta falar com ela. Na véspera, querendo manifestar seu reconhecimento, Renée foi lhe oferecer ajuda, para a arrumação da cozinha; ela sabe como fazer isso, pois durante vários anos trabalhou num hotel. A Schwester Helga, comovida, balançou a cabeça: aqui, ela pode descansar, como as outras futuras mães, os pequenos trabalhos da manhã já bastam.

A enfermeira agora começa a explicar a umas trinta mulheres grávidas as diferentes etapas da técnica alemã de envolvimento do bebê, que é também a mais corrente. Expõe suas especificidades em relação à maneira anglo-americana. Diz que ela tem a vantagem de manter a criança aquecida, principalmente se tiver nascido durante a estação fria — Schwester Helga sorri —, "que é o caso das senhoras". Durante a estação quente, porém, essa vantagem vira desvantagem, pois manter o calor pode provocar uma elevação nociva da temperatura do bebê.

Renée se concentra, não entende tudo, ainda que os gestos lhe permitam adivinhar as palavras. A enfermeira fala depressa, enquanto dispõe uma proteção de borracha, o grande quadrado de algodão aflanelado e, por fim, dobrado em triângulo, o tecido absorvente.

— Vejam, a borda superior da flanela precisa ultrapassar em cinco centímetros a do tecido absorvente interno, os dois bem paralelos. Os cantos dos triângulos são equidistantes, e a ponta com dez centímetros mais ou menos.

Ela se interrompe, para fazer uma pausa na explicação, mas seu sorriso de repente se contorce e, como se sentisse uma dor inesperada, apoia-se na mesa, deixa cair o tecido absorvente. Seu lábio inferior treme.

Renée corre para segurá-la:

— *Was ist los*, Schwester Helga? — pergunta gentilmente em alemão.

"O que foi?": pergunta que lhe fizeram quando ela feriu o dedo algumas semanas antes, e ela guardou.

— *Entschuldigung* — diz Helga às mulheres, com voz estrangulada. — Está tudo bem.

E, em seguida, arruma meticulosamente o pano na posição inicial, triângulo, cinco centímetros em cima, dez embaixo, equidistância das pontas. Sorri com esforço.

O alemão de Renée está melhorando. Ela começa a entender e a dar nome aos objetos que a cercam. Depois das palavras de amor, é com as dos alimentos que aprende a língua. Comida: Renée ainda não se conforma. Há três semanas come iguarias que não via há anos. E, no desjejum, café, o de verdade, não de chicória, o infame suco escuro que do café só tem a cor, sem ter nem mesmo a opacidade. De manhã, Renée, inclinada para sua tigela, aspira o calor, o aroma, fica assim longos segundos, de olhos fechados, sentindo que os cílios se embaçam, que tem água na boca e uma náusea incompreensível, talvez por causa do cheiro do açúcar ou do gosto ferroso que trouxe da França. Acrescenta uma nuvem de leite cremoso, fica olhando enquanto ele se abre, depois o dissipa com a colher, antes de levar a tigela aos lábios. A colher, assim como todos os talheres, é de prata, e a louça, como a de um castelo, bem mais bonita que a do Hôtel de la Cloche.

As palavras novas ela aprende principalmente pelos cardápios, afixados para a semana na porta da sala de convívio. Primeiro os lê como uma poesia brutal de que entende alguns pedacinhos, *Suppe, Tee, Brot, Kakao* ou *Kompott*; os *s* viram "z", enquanto o *u* soa como o "ou" francês, enquanto o *e* do fim das palavras não é mudo como em sua língua. Depois, a cada dia, ela compara as palavras e os pratos, o que é carne, o que é vegetal, o que é doce. Ao meio-dia da segunda-feira (*Montag Mittag*), *Gurkensalat*, salada de pepino, *Königsberger Klopse*, almôndegas no molho, de Königsberg, *Pellkartoffeln*, batatas com casca; e todos os dias coisas novas, uma diversidade incrível, peixe, carne. No hotel, só os mais ricos podiam comer carne, e nem todo dia. Ela mesma às vezes comia carne aos domingos, restos, nervo e osso.

Também tenta ler. Para aprender mais palavras, mergulhou num livro sobre educação de crianças, *Die Deutsche Mutter und ihr erstes Kind, A Mãe alemã e seu primeiro filho*, escrito por Frau Dra. Johanna Haarer; vários exemplares estão à disposição das internas. Todos os dias, consulta a obra, que tem na capa uma mulher loira sorridente com uma bela criança de cerca de dois anos no colo. A tipografia gótica das letras lhe parece elegante. Ela compara ilustrações e legendas, descobre modelos de calções de crochê para bebês, casaquinhos de lã e capuzes para tricotar. Como se vestir na gravidez, o parto, a amamentação, horários e quantidades, como cuidar do recém-nascido, etapas, horários, material, nada é deixado ao acaso, mas de tudo aquilo Renée só extrai algumas palavras, que anota minuciosamente numa caderneta, com a tradução ao lado. Se quer saber alemão, é em primeiro lugar para surpreender Artur. Continua a lhe enviar uma carta a cada dois ou três dias. São cartas que ela redige em várias etapas, indicando a data e a hora, quase um diário íntimo. Escreve-as em francês, mas também acrescenta — às vezes em escrita fonética — as novas palavras alemãs que aprendeu. Não sabe se ele recebe o que lhe manda. Sabe, em todo caso, que nunca recebeu resposta. Mas, sempre que tem um tempinho, retoma a caneta, sente-se menos sozinha. Escreve-lhe como outras rezam.

Na Alemanha, será que só os homens sabem francês? Artur e o doutor Ebner, algumas palavras. Mas, entre as mulheres do Heim, só duas falam um pouco e aceitam aproximar-se dela, sob o olhar reprovador das outras. Que talvez apenas finjam não saber sua língua. As que falam com ela são Frau Inge, professora, e Frau Ulrike, secretária. Nenhuma das duas usa aliança. Frau Inge deve ter cerca de quarenta anos, parece cronicamente compadecida e tomou-se de amizade por ela, acha-a muito nova e encantadora, Renée lhe lembra as meninas crescidas às quais dava aula. Inge um dia até a ajuda a escrever uma carta "sem erros" e aplaude seus progressos, "Nota dez, parabéns! Artur vai ficar muito orgulhoso!", e lhe dá um beijo na face. Frau Ulrike, vinte anos e uns quebrados, parece querer melhorar seus conhecimentos de francês e, em qualquer língua que seja, gosta de simpatizar e *quatschen*, bater papo, indiferente ao estado civil de umas ou outras, conseguindo, sem dificuldade, fazer que esqueçam o seu. Divertida, todas gostam dela. As enfermeiras a adoram. Até as esposas dos SS vão falar com ela.

A Schwester Helga pede a uma das internas que venha pôr fraldas no neném. Renée vê Frau Gerda se oferecer; é sua vizinha de quarto, que desde sua chegada responde de má vontade a seus *Guten Morgen* pela manhã. Ao desfazer a mala, pôs na mesa de cabeceira um porta-retratos com uma foto de casamento: ela de vestido branco, ele de uniforme. Renée guarda a foto de Artur numa gaveta. Embora tenha conseguido colar os dois pedaços, está tão amassada que é impossível exibi-la. Toda noite, no jantar, Frau Gerda recebe uma carta. Escreve um diário. É friorenta. Gosta de discutir e rir com um grupo de internas, sempre as mesmas, sempre juntas nas atividades da noite. Com frequência passeia em torno do lago, às vezes com as amigas, às vezes sozinha. Não gosta das francesas. Ou das mães solteiras. Ou das duas.

Está tentando arrumar as camadas de tecido o melhor possível na mesa. Comenta alegre o que está fazendo, vozinha estrídula que a emoção torna anasalada, enquanto a Schwester Helga ajusta um pouco, incentivando-a. Renée pega uma cadeira num canto, senta-se: como são demoradas essas atividades noturnas, principalmente os discursos no rádio e as aulas. Assim que se senta, levanta-se. Sirene. O apito de uma sirene. Familiar, quase, um retorno no tempo, um retorno no espaço. Ao mês de junho, início de julho, quando Caen, tão próxima, foi tantas vezes bombardeada. A Schwester Helga toma a palavra, grita por cima da sirene, e todas prestam atenção. Disciplinadas, silenciosas, como se tudo aquilo fosse normal.

Renée olha ao redor. A janela da sala. O céu o céu o céu, azul noite. Como assim, guerra, aqui? Aqui também guerra. Está com uma mão sobre o coração, como se ele fosse sair voando, e outra sobre o ventre, cólica. "*Schneller*", mais depressa, grita a Oberschwester, enquanto as outras já saíram da sala e Renée fica para trás. Acaba por segui-las.

Ela nem sabia que existe um porão aqui, muito grande, dividido em vários grandes aposentos e cheio de vidros de conservas, sacos, móveis. Todas estão de pé, perto da Oberschwester, que reuniu as mães, enquanto as *Schwestern* carregam duas crianças cada uma. Renée, encolhida contra uma parede, agachada, bate os dentes. Inge se aproxima dela, assustada:

— O que houve? — pergunta em francês.

— Estou com medo.

Inge então sorri:

— Está tudo bem. É um exercício. Lembre-se, o *Luftschutz kursus*, preparação para os raides aéreos.

— *Schweigen!* — silêncio, grita a Oberschwester.

Não se ouvem mais sirenes, mas os dentes de Renée continuam batendo. A guerra vai chegar. Ela tem certeza. Sente, fisicamente até, que a guerra está avançando em sua direção. Respiração ofegante, como se tivesse corrido. Em sua mente, ela está correndo tão depressa que nunca mais vai dormir, se deitar, nunca mais estará em casa em lugar algum. Sente isso no formigamento da ponta dos dedos. Sente isso nos ossos.

A guerra está chegando.

Marek

De bruços. *Eins Zwei Drei Vier*, ele conta mentalmente. Até vinte, às vezes mais, depois recomeça em *Eins*.

De barriga para baixo, com os braços dobrados sob o rosto e o peito. Nu até a cintura e, nas pernas, um cobertor de lã dobrado em dois. Insensível à palha do colchão, aos gravetos, às lascas, ao tecido de juta que o cobre e costuma torturá-lo; agora são detalhes, nada suficientemente desconfortável para fazê-lo se mexer. Ele só sente as costas em carne viva, carne que lhe atravessa a pele, carne que está em toda parte, penetrante, transbordante de sua pele arrebentada, e o contato com o ar o crucifica.

De vez em quando, escorre uma gota por suas costelas, sangue, ele sabe, não ainda a linfa, é cedo demais. Ele mexe a mão ancilosada, e esse movimento leve é um suplício, reabre uma das lacerações.

Não é nada, ele repete com os olhos semicerrados no escuro, numa espécie de delírio, nada, nada, a pele das costas se refaz bem, muito muito bem, é o que melhor se refaz, a dor é superficial, vai passar passar passar. Suportável, sim, quase suave agora, quase uma lembrança, ele já nem se lembra mais exatamente. Dor quase elétrica que reduzia todo o seu corpo às costas, à dor aguda, lancinante, ao estremecimento. Entre dois golpes, ele se tornava uma crispação, um enrijecimento para suportar melhor, depois um tremor. Mas essa lembrança já é irreal. Agora é uma dor mais simples e suportável, a da chaga viva na qual seu sangue pulsa. *Eins Zwei* seu sangue pulsando, pulsando ele também junto. De vinte cacetadas ninguém morre de fato. Ele conheceu coisa pior, e não faz tanto tempo assim, mas tudo parece tão distante. De qualquer modo, ele nunca pensa no pior de antes. Nem no melhor. Quase nunca na família. Pensa em comer. E agora nas costas.

Ele já não se lembra realmente da dor das pancadas em si, apenas da contagem que o obceca, um automatismo, como uma cantilena de que não conseguimos nos livrar. *Vier Fünf Sechs Sieben.* Como os carneirinhos que contamos para dormir. Mas ele não vai dormir esta noite, não muito, com as costas abertas e a impossibilidade de se mexer sem tornar mais agudas as pontadas. Vai passar, sim, vai passar. É só evitar que infeccione, que o tecido sujo entre na ferida e em sua pele, em seu sangue, que a trama se misture à de sua carne que tenta se refazer. Evitar que sua pele cresça nas fibras e se feche sobre o tecido nunca limpo, ninho de germes, de vestígios orgânicos, transpiração, toxinas, bactérias, sujeiras diversas, que envenene seu sangue debilitado. No ar, assim, vai sarar bem. O oxigênio cura. E Pierre, um resistente francês, campo de concentração de Dachau também, lhe limpou as feridas com água. A água aqui é boa, é de bomba, limpa, em quantidade suficiente. Pierre preparou faixas de tecido, tiradas de uma camisa velha, para fazer o curativo amanhã de manhã. A ferida não estará seca, infelizmente. As faixas vão entrar em seu corpo. Os ferimentos secarão esta madrugada, têm de secar. *Eins Zwei Drei Vier.*

Ele conta, e conta, e pensa no pão, na fatia com manteiga, sua boca se enche de água. O afluxo súbito de umidade não consegue penetrar na pasta visguenta de sua garganta, argila seca pela qual nenhum líquido passa. Quando ele começa a cochilar, um filete de baba grossa lhe escorre dos lábios até a dobra do cotovelo e é engolido pela serragem porosa do colchão.

SEGUNDA PARTE

Casa assombrada

Helga

— Está vendo? — diz Helga a Frau Geertrui. — Um carro tão bonito para Jürgen, ele tem motorista particular. Vai ser bem cuidado no hospital.

Sua expressão é preocupada; percebe-se que seu maior desejo é que cuidem bem do pequeno Jürgen, no entanto seu semblante está tenso. Frau Geertrui, de rosto fechado, continua apertando o bebê adormecido. A seus pés, uma bolsa que contém o enxovalzinho dele. Helga sussurra:

— Ele sente tudo o que a senhora sente.

Frau Geertrui não chora. Apenas um soluço, que ela engole. Uma *Braune*, uma enfermeira "marrom", sai da traseira do carro, pega a bolsa e Jürgen sem olhar para ele nem para a mãe, apenas um ligeiro aceno de cabeça para a colega, e volta a se sentar no banco de trás, com o pequeno nos braços. Se pudesse, Helga abraçaria Frau Geertrui. Não pode, nunca pôde. Mesmo assim, aperta-lhe a mão rapidamente. Depois larga. Várias internas estão nas janelas, olhando. O doutor Ebner não saiu, continua na sala de parto. No momento em que o carro dá a partida, Frau Geertrui soluça de novo. Helga apressa-se a lhe dizer que precisa manter a calma, para evitar que seu filho sinta a mesma angústia; durante dias e meses, murmura, existe um cordão umbilical fantasma que os liga, mesmo quando não estão juntos. A outra faz força para respirar profundamente. Não grita, não contrai o rosto, não diz nada. Mas as lágrimas começam a escorrer mesmo assim, e não há nada para fazer, elas escorrem sem ruído, sem palavras, sem parar, tal como um vaso rachado deixa escapar o conteúdo.

Ela não é nada, senão seus olhos fissurados, que vazam e escorrem, e consolá-la com palavras é como tentar agarrar a água do mar com os dedos, tudo escapa, nada fica. Ela mal se segura em pé, e, de volta ao quarto, Helga a faz sentar-se, ajuda-a a encher a mala; arruma todas as coisas. É ela quem dobra uma roupinha de bebê esquecida no fundo do armário; lembra-se de ter visto Frau Geertrui tricotando à noite, serena, feliz, jovem. Agora está sentada na beirada da cama, com ar ausente, feita só de água e sal. Repete que acha melhor morrer do que voltar sozinha. A outra põe o dedo sobre sua boca:

— Nunca diga isso, Frau Geertrui. Que ninguém nunca a ouça dizer coisa semelhante. — E repete: — É preciso pensar em Jürgen. Nos outros filhos que a senhora terá. E, principalmente, é preciso pensar em si mesma.

Claro, ela tem medo do que será dessa mulher quando ficar sozinha, mas tem pressa de vê-la deixar o Heim, pois, acima de tudo, teme que ela faça alguma cena. Isso causaria mais prejuízo ainda a quem já sofre tanto. Demais.

— Não demonstre para ninguém.

Ocorre-lhe então que ninguém, seja quem for, pode ouvi-la dizer isso, essas palavras não podem sair, nem daquele quarto, nem de sua boca nunca mais.

Diário da Schwester Helga

Heim Hochland, 19 de setembro de 1944

O sedã preto da Agência L. chegou por volta das 9 horas. Acompanhei Frau Geertrui e seu bebê até a escada de entrada. Uma Braune veio pegar a criança. Era ~~um dissabor~~ necessário, sem dúvida.

Depois da partida do carro, eu a ajudei a juntar seus pertences, e ela deixou o Heim. Fiquei olhando enquanto ela atravessava o parque, de cabeça baixa, com sua mala, rumo à estação de Steinhöring. Mancava ligeiramente por causa do parto recente.

Eu não lhe disse que o pai de Jürgen, um Obersturmführer, já comunicou ao doutor que não reconhecerá essa criança, que, aliás, já nem tem muita certeza de ser o pai e que não quer rever a mãe de jeito nenhum, ao passo que, algumas semanas atrás, ele falava em se casar com ela! ~~Que covardia.~~ Ele entendeu perfeitamente que precisa se fazer esquecer e afastar-se o máximo possível. O nascimento dessa criança equivale a uma condenação e certamente será um empecilho em sua carreira. Tudo isso é ~~muito triste~~ inevitável. Uma jovem que mal conheço e nunca mais vou ver. Tomara que lhe reste uma mãe para acolhê-la nos braços. Não ousei perguntar.

Heim Hochland, 20 de setembro de 1944

Questionário do Reichsführer, enviado hoje a todos os nossos lares.

— Como é feita a comida nos Lebensborn?

— Toma-se o cuidado de conservar as vitaminas?

— As batatas são descascadas ou não antes de serem postas na água?

— Servem-se quantidades suficientes de cenouras cruas, chucrute cru etc.?

— Àquelas que não suportam pão preto, dar outra coisa.

— Quanto às que têm medo de engordar com mingau de aveia, explicar que tudo é preferível a dores de estômago.

No Heim Hochland, o doutor me encarregou de transmitir pessoalmente as respostas ao Reichsführer!

Na cozinha, aonde desci com o questionário, Theresa estava sentada à mesa, fazendo anotações, enquanto outras duas empregadas mais jovens atravessavam o aposento com latões e sacos de vários quilos, em direção ao porão. "Não vamos passar fome neste inverno!" Faltavam vários vagões de açúcar, cacau e frutas frescas para recolherem hoje. Comuniquei-lhes que não sentiremos frio tampouco, pois esperamos para as próximas semanas vários vagões de roupa. São gentis as nossas cozinheiras, vêm do campo de concentração de Ravensbrück, Testemunhas de Jeová, mas aqui são Theresa, Johanna e Frida, tão bem alimentadas quanto as mães, vestidas como elas. Para dizer a verdade, daria para pensar que são internas como as outras. É uma das coisas bonitas daqui, somos uma grande família, é o que o doutor sempre diz.

Renée

Através do bolso do vestido, ela sente a espessa fatia de pão dobrada ao meio, formando uma bossa sob o tecido. É tão fresca, que cheira bem e está úmida. Renée contorna o lago duas, três vezes por dia, às vezes mais. Sempre no mesmo sentido. Cada vez mais vermelho e amarelo nos galhos, e as primeiras folhas estão caindo, já estalando sob os pés. Um céu carregado, cinzento, cujo reflexo ensombrece o lago. 18h15.

Quando chega perto do caixote de madeira, logo vê que o pão deixado na pedra de manhãzinha ainda está lá. Suspira. Põe a segunda fatia ao lado da primeira. Senta-se encostada num tronco, a uma distância prudente. Quando passa pela manhã, o pão deixado na véspera desapareceu. Mas talvez sejam os animais. Um dia, viu um camundongo perto do caixote, ou era um arganaz? Deve haver raposas também. Gatos selvagens? E pássaros, tantos pássaros. Ontem, na janela de seu quarto, o espetáculo espantoso de um gaio muito grande, com asas de um azul suntuoso, dando violentas bicadas na vidraça e na calha. De início, ela pensou "Que pássaro bonito!", admirada com o comportamento dele; depois, "Que bicho estranho!", porque ele não parava. Por fim, ela se aproximou da janela e viu que ele estava bicando um filhote de passarinho. Pôs a mão na boca para que nada nela entrasse nem saísse, para não vomitar. Mas desde então era assombrada pela visão do filhotinho, transformado num farrapo ensanguentado, mancha preta debaixo das pálpebras fechadas, azul e vermelho sob a pele nua, as bicadas. Os pássaros são rapaces aterrorizantes e, se comem os próprios filhotes, o que vão deixar desse pão? Ela decide vigiar. Esperar ali a hora do jantar, correndo o risco de ver de novo o homem selvagem. O ato lhe parece ousado, ela se sente exaltada, sorri da própria audácia.

Porque tem medo daquela grande carcaça de homem, daqueles olhos inumanos que olhavam através dela, invisível, nada mais que um obstáculo. O esbarrão desajeitado a derrubara, como se ela não pesasse nada, e lhe havia valido o arranhão de um ramo pontiagudo. Ela balança a cabeça, a não ser que ele não volte. Olha ao redor, ninguém. Seria um prisioneiro mesmo? Com roupa civil. Os prisioneiros nunca são vistos. Por aqueles biscoitos, será que ele chegaria a matá-la? Será que a mataria? Ela sorri, sentada a vários metros do pão. Ajeita recatadamente o vestido sobre os joelhos, gesto de criança, observando os arredores, se nada se mexe. Seus olhos estranhos e sem cílios agora fixos, olhos de felino de tocaia. A única vez que o viu, faltava pouco para as 17h40, no momento do primeiro toque dos sinos. Portanto, antes do jantar. É a hora certa.

Faz cinco semanas e dois dias que ela mora naquele casarão. Já viu muitas mulheres indo embora, com ou sem seus bebês. Algumas só ficam quatro ou cinco semanas, o tempo de parir. Anteontem, quem partiu foi Ulrike, deixando para trás a pequena Renate. Não poderia continuar trabalhando se levasse a filha consigo, mas conta vir buscá-la dentro de um ano no máximo, tempo de "encontrar uma solução", dizia com alegria, como se o problema fosse simples de resolver. Já tem saudade de Ulrike. Diante do menor sorriso, do menor olhar, Renée se apega a pessoas que conhece há alguns dias, com quem manteve três conversas. Sozinha. Longe.

Artur.

Barulho de passos atrás. Seu coração dispara. Ela se levanta, vira a cabeça. Frau Gerda. Encarando-a. Olha para as fatias de pão na pedra. *"Was machst du doch?"*, o que você está fazendo? Voz azeda, maçã ácida e fria na qual se plantam os dentes. Cara fechada. É a primeira vez que Frau Gerda lhe dirige a palavra. Ela fala, fala, e Renée não entende nada, só que é hostil e que talvez ela vá dizer alguma coisa a alguém. Ou alguém dirá. Ou é ela que precisa dizer. Renée não se mexe. Calada.

Olha para o outro lado do campo, o limite que lhe pedem para não ultrapassar, o vilarejo que ela nunca viu e por onde não se deve andar. Quando elas ensaiam passar o portal de entrada, o SS da guarita as manda voltar ao Heim. É onde estão em segurança, de onde não devem sair.

Frau Gerda já se foi.

Renée volta-se para o prédio branco, diz baixinho não não não.

Marek

De bruços. Para que a ferida respire, para que cicatrize. Para que seus tecidos se teçam, se juntem, se consolidem de novo. Para que a ferida pare de ressudar, de chorar, de babar sujo e produzir pus. Faz três dias, quase três, que ele está deitado no enxergão, de barriga para baixo, com a face às vezes sobre as mãos, às vezes contra o colchão áspero que escoriou a pele do seu rosto nos pontos que a barba não protege. Daqui a pouco faz três dias que ele não se mantém em pé, não mais do que uma volta pelo quarto, e agarrando-se às paredes. Que ele come e bebe sentado ou deitado, que os outros prisioneiros lhe entregam a gamela, a colher, que o alimentam, ajudam a tomar água, amparam-no quando ele se senta.

Os guardas o deixaram deitado, fazem de conta que não o veem. Não o veem, talvez. Ficou invisível. Se pudesse ser invisível de verdade... Dissolver-se na crina de seu enxergão.

Foi Pierre que lhe disse, ontem à noite, que amanhã será o terceiro dia.

Três dias que a ferida entra em seu sangue, suja suas veias, instila-lhe pus, envenena-o, a ferida está queimando seu sangue, abrasando-lhe a testa e a cabeça. Ela se estende, invade todo o seu corpo. Pela ferida aberta entra uma vida rápida e minúscula que o devora e destrói. Pela ferida aberta entrou a morte.

Ele tem frio, frio, frio, de tiritar, calafrios tão fortes que lhe abrem ainda mais os ferimentos. Parar de ter calafrios se quiser sarar. Parar de gelar. Apesar do cobertor que Pierre lhe emprestou, ele está morrendo de frio. Pierre e outro prisioneiro se encolhem debaixo de um mesmo cobertor para que ele tenha dois. Tem vontade de puxar os dois até acima dos ombros. De jeito nenhum, deixar respirar. Não tocar. Evitar o contato desse cobertor nunca lavado, no qual pulula uma fauna impura que só quer entrar em suas veias. Como forma de curativo, Pierre pôs em suas costas folhas caídas de árvores: "Para que pare de purgar. Ajuda." E: "Talvez esteja um pouco melhor hoje. A temperatura. Está difícil saber. Você se sente melhor?"

Fez essa pergunta em tom inseguro. Cheio de pena. Com voz nada boa.

Marek disse "Sim, sim, melhor". Repetiu "melhor, melhor", como se fosse outra pessoa que falasse, parecia-lhe ouvir a própria voz, mas vinda de fora. Ela soava como numa gruta.

A febre provocou devaneios estranhos, ele tem a impressão de não estar dormindo de verdade, mas a estranheza das imagens que o habitam é tão grande que não pertencem à vigília. Umas após outras, há as imagens de outras torturas, de outras pancadas, mais antigas, as que antecederam imediatamente seu envio para Dachau. Surras. Masmorra. Surras. Masmorra. Cara quebrada. Gosto de sangue na boca, que parece subir do fundo do estômago, do fundo do passado. Sonhou que a cicatriz da bochecha direita se escancarava e voltava a sangrar. Sonhou que perdia outros dentes, que eles caíam um atrás do outro e ele os segurava, tentava segurar com os dedos e a mandíbula os que ainda restavam. Mandíbula em chaga aberta, como que rasgada e devastada pelos caninos de um bicho. Sonhou com mordidas no rosto, que um animal pulava em sua cara e o deixava desfigurado e banguela.

Com a mão direita, tranquiliza-se de vez em quando, acaricia o rosto, passa um dedo nos dentes, nas gengivas irritadas. Sente a cicatriz na bochecha direita. E, do lado esquerdo, a pequena depressão, um tipo de cova que torna sua face assimétrica.

A pequena depressão são socos. A cicatriz, a chicotada. Foi em outra vida, a de antes de Dachau, aquela em que ele se curava bem, seu corpo estava sadio na época, tinha suportado bem melhor os ferimentos. As violências tinham vindo de um *Junker* prussiano, muitíssimo elegante, com olhos suntuosos de um azul de água, cílios pretos, que, antes de o entregar a dois homens da Gestapo, o abordara com cortesia, quase amistoso. Era um oficial de uns vinte anos, bonito como um mármore cinzelado; envergava o uniforme SS de corte perfeito, condecorações, fitas. Atitude fria e viril, que, no entanto, permitia entrever delicadeza e grande sensibilidade. Quisera simpatizar com Marek, achara-o "interessante" e "distinto" naquele buraco onde só sobrevivem imbecis e insetos; "Se você tivesse sangue alemão, seria parecido comigo", disse-lhe. Marek se lembra de cada detalhe do escritório: mogno, couro, veludo bistre, bege ocre nas paredes. Ampliações dos retratos de Himmler e de Baldur von Schirach, chefe das juventudes nazistas. Menor, a fotografia de uma mulher de idade mediana e porte aristocrático e de uma moça loira parecida com o *Junker*, em pé: "Minha mãe e minha irmã", dissera o oficial a seu prisioneiro.

Depois de lhe oferecer conhaque e cigarro, passou a lhe contar sua vida, como que tomado por súbita necessidade de confidenciar. Marek logo tinha se sentido pouco à vontade, era jovem, mas já sabia que as confidências muitas vezes são presentes pelos quais pagamos caro. O *Junker* em breve se sentiria humilhado por aquela expansão em mão única, que ele veria como um acesso de fraqueza. Mas como fazê-lo parar? Ele lembrou o pai morto cinco anos antes, sua formação escolar numa *Ordensburg*, colégio nazista, seu primeiro encontro com Baldur von Schirach, de quem ele se tornara o favorito. Os longos passeios nas florestas com von Schirach, que depois o abandonou por outro rapaz. O novo preferido era o melhor da escola em lançamento de disco. Cantava com voz soberba os antigos cantos germânicos. O *Junker* então parou de falar, passando as mãos nos olhos, preso numa luz excessiva e dolorosa.

Depois tudo se acelerou. Falou-se brevemente da escola dos oficiais SS, de onde ele saíra como o primeiro da turma. Finalmente ele revelou o objetivo da entrevista: converter Marek Nowak à nova ordem e convencê-lo a trabalhar com eles "no próprio interesse da Polônia". Falava ainda enquanto Marek buscava palavras, para reagir àquelas confidências apaixonadas, àquele convite que ele não queria e precisava recusar, mas sem provocar a cólera daquele homem. Que tinha explicado em tom mais neutro do que no início que o partido nacionalista se baseava em princípios puramente viris. Ele nunca tinha saído com mulher, a não ser por necessidade de serviço. Gostava de falar com franqueza, de homem para homem, "Tenho certeza de que nos entenderemos". Serviu-lhe mais conhaque, ofereceu mais um cigarro.

O álcool enjoava Marek, que estava de estômago vazio e com a mente já flutuante. Tinha se saído muito mal. De início, havia negado qualquer ligação com o movimento clandestino. O rosto do oficial então se fechara, seco, violentamente sombrio:

— Vou lhe mostrar provas de seu envolvimento com a Resistência polonesa.

Marek Nowak sabia muitíssimo bem do que se tratava. Tinha simplesmente balançado a cabeça; o que esperavam dele, exatamente. O cigarro se consumia entre seus dedos sem que ele pensasse em levá-lo aos lábios. Um pouco de cinza na mesa. O *Junker* a limpara com um golpe de um rebenque que ele havia pegado da parede.

— Quero entrar em contato com a Resistência polonesa, apresentar aos seus dirigentes os benefícios da colaboração entre nossos dois países. Você seria o intermediário, isso não tem nada de desonroso, ao contrário: estaria contribuindo para salvar seu país. Aceita a minha proposta?

E aquilo parecia quase um pedido de casamento. Aliás, ele estava com o rosto contraído de emoção, alguma coisa em seus olhos suplicava.

— Não posso aceitar.

Marek Nowak estava um pouco bêbado.

O *Junker* o encarou com a ferocidade de um predador ferido. Fez soar um tímpano, e um soldado mutilado entrou mancando:

— O rolo, Heinrich. Traga aqui. E mande os guardas entrar.

Marek Nowak, trêmulo, pegou as fotografias que o oficial lhe entregava: quer dizer que o filme que ele tinha jogado num balde de água no momento da captura não havia sido totalmente destruído. As fotos reveladas eram três, e ele as olhou uma após outra, aliviado por não mostrarem nada de essencial e por, certamente, as outras trinta e três não terem sido recuperadas.

O oficial, com a voz agora vazia e fria:

— O que havia no resto do filme?

Marek Nowak, com a voz estrangulada:

— Não faço ideia, não sei do que está falando. É um engano...

O *Junker* se empertigou. Indignado com aquela mentira manifesta, indignado com a imagem que tinha do homem à sua frente e, mais ainda, com a imagem que ela lhe mostrava de si mesmo.

— Chega! Pare com esse disparate ridículo de inocência!

Tinha pegado de novo o rebenque:

— Falei com você de homem para homem, mas você não passa de um covarde hipócrita — e chicoteou a face direita de Marek Nowak, entregando-o, com esse ato, aos homens da Gestapo.

Os socos vinham de todo lado, o teto tombava, o chão debaixo de seus pés se emborcava.

Despertar na cela, dor brutal. Saliva com sangue. Ele tinha cuspido, cuspido de novo, e acabado por engolir. Com a língua, sentiu sem emoção que faltavam três dentes, todos do lado direito. É a depressão que ele tem agora na bochecha, um buraco no qual é possível enfiar dois dedos. O buraco que em seus sonhos estranhos virava um abismo, e seus dentes minúsculos, dentes de leite amolecidos numa boca grande demais, que não se afirmavam, e ele sentia balançar sob os dedos.

Então passa a língua mais uma vez, restam-lhe muitos dentes, grandes e firmes, mas o buraco lhe parece enorme, ele tem a impressão de ter perdido metade da dentição. Deve ter a cara deformada e, no sorriso, um abismo; Wanda o reconheceria?

Pois em seus sonhos febris, Wanda também está. Wanda que ele tanto amou, em quem quase não pensa mais desde que tem fome e se transformou num animal. Tenta expulsá-la de seus pensamentos, mas ela volta como um fantasma. Pensar em Wanda é doloroso demais, insuportável. Wanda que ele vê viva e morta, Wanda de antes, Wanda morrendo talvez, onde será que ela está? Se pensa nela, talvez seja porque ela está morrendo. Ou ele. Vai morrer porque, se não se levantar, será mandado de volta a Dachau. Não quer morrer. Não quer mais pensar em Wanda.

Wanda Wanda Wanda, ele a expulsa, e o nome dela continua em seus lábios, e ele tem as costas abertas para a morte. Suas costas purgam; durante a noite, as folhas deslizam, uma após outra, ele é uma árvore nua, cuja vida foge junto com uma seiva doente, uma seiva na qual fervilham as bactérias que o devoram e digerem.

Então, há vozes gritando, *"Aufstehen, schnell, schnell!"*, em pé, rápido, rápido! E o barulho dos prisioneiros acordando, levantando-se na escuridão. A madeira das camas sobrepostas rangendo. Costumeiramente, é um soldado, hoje é Sauter em pessoa. Sua voz de repente está próxima, *"Schnell, schnell"*, e acima dele torna-se estranhamente doce: *"Kannst du?"* Consegue?

Terrivelmente doce.

Helga

Ela vinca a fibra do papelão, segurando-o como se ele fosse sair voando, manuseando-o com dedos intranquilos; será melhor dobrar, rasgar ou jogar fora? O barulho do papelão sendo amassado ressoa no silêncio do escritório. É um cartão-postal oficial, em letras góticas, expedido do hospital de Brandenburg-Görden.

Linhas pontilhadas nos lugares que devem ser preenchidos com o nome da criança e as datas de nascimento e óbito.

Uma rubrica sobre um carimbo ilegível embaixo.

Nada sobre a causa do falecimento. Nada de envelope, nenhuma carta anexa, apenas esse pequeno impresso com o cabeçalho da instituição. Ela vai colocá-lo, com o restante da correspondência, na escrivaninha de mogno do médico, único toque de luxo num aposento espartano. Cadeiras de madeira. Biombo. Cama médica. Instrumentos. Nada na parede, um porta-retratos ao lado de um estojo, com uma foto de esposa e filhas.

Às 11 horas, depois da ronda, o médico dita os relatórios à Schwester Helga, que os datilografa. O parto de uma interna que perdeu muito sangue. As suturas de outra que não estão cicatrizando direito. O estado em geral satisfatório naquele dia das ocupantes atuais do bloco da maternidade. Ele chega então a Jürgen. Sem mudar de tom, dita a Helga que Jürgen Weiss, nascido em 2 de setembro de 1944, em Steinhöring, faleceu em 10 de outubro de 1944, em Brandenburg-Görden, de infecção pulmonar, depois de passar por uma *Sonderbehandlung*, um tratamento especial. Ela se interrompe de chofre, fica com os dedos suspensos acima das teclas. O médico a olha:

— Está tudo bem, Schwester Helga?

— *Ja, sicher!* Sim, claro.

E volta a datilografar, "de infecção pulmonar, depois de passar por uma *Sonderbehandlung*". O médico dita em seguida:

12 de outubro de 1944

Prezada Frau Geertrui,

Lamentamos comunicar-lhe que seu filho JÜRGEN WEISS, nascido em 2 de setembro de 1944 no Heim Hochland, Steinhöring, faleceu de maneira súbita e inesperada de infecção pulmonar em Brandenburg-Görden no dia 10 de outubro de 1944.

Para uma criança afetada por doença mental, a vida é um mal. Por isso, a senhora deve considerar a morte dele como uma libertação.

Heil Hitler!

Dr. Ebner

— *Danke*, Schwester Helga.

— *Bitte*, Doktor Ebner.

E ela sai sem olhar para ele.

De volta a seu próprio escritório, ela se põe a escrever, à mão.

Liebe Frau Geertrui,

Recebemos hoje uma carta do Prof. Hans Heinze, com uma notícia bem triste. Seu pequeno Jürgen faleceu em 10 de outubro, de infecção pulmonar. Isso às vezes acontece quando as crianças, ao nascerem, são mais frágeis que as outras. Mas, embora seu bebê tivesse apenas algumas semanas, o professor Heinze ressaltou que até o fim ele lutou como um verdadeiro leãozinho. Tenho certeza de que Jürgen sentiu que a senhora pensava nele; foi a senhora que, mesmo de longe, lhe insuflou força e coragem. Seu Jürgen era um pequeno guerreiro e, agora, vai velar pela senhora. Ele morreu sem dor, nos braços de uma enfermeira. O tratamento permitiu que ele adormecesse suavemente.

Minhas sinceras condolências, liebe Frau Geertrui,

Heil Hitler!

Schwester Helga

DIÁRIO DA SCHWESTER HELGA

Heim Hochland, 16 de outubro de 1944

Morte de Jürgen. Sem dúvida é melhor assim, mas estou muito deprimida. Só penso em coisas tristes.

Jürgen não se parecia com as imagens que nos mostram na escola de enfermagem. Não tinha nada dos retardados congênitos de rosto monstruoso, nem das crianças disformes e assustadoras que ameaçam o futuro de nosso país. Era um menino muito bonito, de proporções perfeitas, que tinha um pouco de dificuldade para acordar. Talvez apenas precisasse de tempo.

A morte de um recém-nascido, seja qual for, é difícil para mim.

~~*Voltou-me à mente a história daquela interna que tivemos, mulher que trabalhava na Gestapo, eu acabava de chegar ao Heim. Ela contava às outras mães como exterminam os judeus, e como seus recém-nascidos são mortos com uma bala na nuca. Várias mulheres ouviam impressionadas as suas palavras, aquilo ficou conhecido, subiu por meio das Schwestern até o doutor. No fim, todo o Heim falava do assunto. E o doutor Ebner a convocou imediatamente para tratar de sua atitude inapropriada. Não a mandou embora, mas a advertiu severamente. "Herr Doktor, é verdade?", perguntei. O doutor suspirou: "É a guerra mein Kind." — "É a guerra, eu sei, mas recém-nascidos?" Ele não respondeu. Só disse que a atitude daquela interna estava totalmente descabida. Lembro-me de ter pensado então que*~~ *tenho sorte por estar do lado certo, do lado da vida, o lado no qual se salva, se cuida das mulheres e dos órfãos. Que sorte poder trabalhar aqui. Trabalhar bem, em boas coisas, num lugar pacífico.*

Heim Hochland, 18 de outubro de 1944

Esta noite, ouvimos o Reichsführer no rádio. Ele conclama todos os homens alemães entre dezesseis e sessenta anos a defender nossa terra natal com todas as armas à disposição. Acabo de escrever a papai, que tem cinquenta e oito anos. Temo tanto por ele.

~~Heim Hochland, 20 de outubro de 1944~~

~~Acontece-me pensar naquele soldado, Bernhard, que me olhava durante minha primeira Bênção do Nome, há mais de um ano. Era jovem, com certeza solteiro. Às vezes lamento ter me negado a falar com ele. Onde estará agora? E se ele voltasse? E se tiver morrido?~~

Heim Hochland, 26 de outubro de 1944

Papai me respondeu. Deve se alistar antes de novembro. Brincou, escrevendo que esqueceu como se segura um fuzil, que está mais acostumado à colheitadeira do que às armas, mas tem orgulho de cumprir seu dever, "assim como você cumpre o seu", ressaltou. A carta dele data do dia 21, talvez ele já tenha se alistado a esta hora. Quando essa guerra vai acabar, afinal?

Nenhuma resposta ainda de Frau Geertrui à minha carta enviada no dia 12. Não passa um dia sem que me pergunte como ela resiste a esse golpe, Gott sei Dank *longe do Heim! Longe dos olhos do doutor, das* Schwestern *e das mães, longe dos relatórios, da documentação. No entanto, esses dez dias sem notícias não me espantam; em caso de problemas com o filho, nossas internas estão prontas a se fazerem esquecer. Mas a sensibilidade de Frau Geertrui me levava a temer não sei o quê.*

Quanto a mim, mesmo não podendo fazer nada no caso, passo todos os dias um pouco de tempo na sala dos recém-nascidos, tento me concentrar nos pequerruchos, cuidar deles, paparicá-los, e penso em Jürgen.

Renée

Só uma vez, olhando pela janela do quarto, ela viu vultos masculinos passando. Ao longe. Logo escondidos pela vegetação. Entre esses vultos, talvez o do prisioneiro. Homens invisíveis que trabalham em horas nas quais ninguém os vê. Já foram erguidos quatro galpões gigantescos como que por magia, e as internas receberam ordem de não se aproximar. Da janela, ela avista dois. Mas nenhum homem. Do outro lado do lago também não, nada se move. No entanto, é impossível ver o que acontece do lado do caixote de madeira. Árvores demais. Arbustos opacos, mal cortados.

17h40, primeira salva de sinos para o jantar. O céu noturno cai cada vez mais cedo, e o horizonte já escurece. Onde será que os prisioneiros dormem à noite? As janelas estão abertas para o fim de um belo dia de outono, deixando entrar a luz vaporosa, quase brumosa. Perfume de grama cortada e já do pão e da sopa de creme que está sendo servida — a sala de convívio fica bem embaixo.

Ela se prepara para fechar, Frau Gerda sempre tem frio, não suporta que a janela fique aberta, e desde a cena do parque Renée tem medo dela, sente-se seguida e vigiada onde quer que esteja, só fica no quarto para dormir. Distingue então no parque uma silhueta de mulher que não anda em linha reta, mal se mantém em pé, de vez em quando se dobra, como se procurasse alguma coisa no chão, como se fosse vomitar ou cair. Reconhece o rosto, é o de uma mulher do Heim, que ela não vê há várias semanas. Decerto teve um bebê antes de ir embora. Parece se afastar do prédio. Continua vagando com passos indecisos e frágeis pelo gramado. Renée a olha enquanto ela desaparece do outro lado do lago. Será que está voltando pára a estação? Já não há trens a essa hora. Após alguma hesitação, Renée fecha a janela de verdade, a cada dia as noites vão ficando mais frescas.

O aroma do caldo de legumes enche-lhe a boca de água. O vapor perfumado envolve-lhe o rosto, mistura-se à sua pele salgada por ligeira transpiração. Ela fecha os olhos, barulho de talheres, som líquido de conchas generosas na porcelana. Tagarelice alegre. Suas vizinhas riem, falando um dialeto alemão incompreensível, com *rr* alveolares. No estranho momento em que ao seu redor tudo silencia de súbito, ela abre os olhos. Perto da entrada da sala, à sua frente, uma mulher avança com passos hesitantes, é a mulher do parque. No rosto, uma marca vermelha atravessa sua testa, como se ela tivesse se chocado contra uma árvore ou levado um soco. Seus lábios tremem, os olhos buscam, as mãos se retorcem diante do peito como se uma quisesse impedir a outra de rezar. Seus olhos não encontram. Acabam por se deter numa enfermeira. Schwester Helga.

A mulher corre para ela, ajoelha-se, agarra-se ao vestido marrom bem passado. Diz alguma coisa. Logo a Schwester Helga a levanta, erguendo-se também, tenta arrastá-la para fora da sala, pelo braço. A outra começa a falar alto. Dessa vez, Renée distingue a palavra *Kind* e também, talvez, *Leib* ou *leicht*, não tem certeza. A Schwester Helga murmura. A mulher tenta livrar o braço, falando cada vez mais alto. Está quase gritando, será raiva ou terror? Ela parece tão triste. Todas olham e calam, nenhum barulho de talher, nem de mastigação, e todos os olhos estão voltados para a cena. Uma enfermeira e, depois, outras duas se levantam e se aproximam da intrusa, pegam-na pelos ombros, pela cintura, para fazê-la sair. Gritos a plenos pulmões e chhhhht das enfermeiras, e já um solitário tilintar de prata contra a porcelana, uma das internas voltou a comer.

A última Schwester a sair fecha a porta. A voz se afasta, as falas se espaçam, se perdem no burburinho crescente do refeitório e na tagarelice duplicada que o incidente provoca. Mais ninguém ri. As empregadas trazem pratos de sêmola, pão, potes de banha. Uns dez minutos depois, três enfermeiras voltam, sem a Schwester Helga. Uma delas bate com um garfo no copo. Distribuição da correspondência.

Esta ocorre na hora da sobremesa. Renée nunca é chamada. Nas primeiras vezes, ficava atenta, até parava de comer, ouvia todos aqueles nomes, sua música rascante. Irritava-se de ver as vizinhas recebendo cartas todos os dias, às vezes várias. Mas agora faz meses que tem certeza de ter chegado ao fim do mundo, a um lugar onde ninguém saberá encontrá-la. Com frequência pensou que, se morresse, ninguém perceberia nada, outra mulher viria ocupar sua cama no quarto 23 e só. Quando pensa na mãe, às vezes chora. Porque se sente esquecida. Desaparecida. Morta. Porque nem ela mesma sabe onde está. Põe uma mão sobre o ventre um pouco distendido, o que nela resta de vida está ali.

Ela não presta atenção à chamada dos nomes. Nessa noite, compota de pera, ela se serve uma boa porção. Põe açúcar no seu chá preto.

"Frau Renée." Ela está mexendo o açúcar na xícara, barulhinho do metal se chocando contra a porcelana. "Frau Renée", repete a Schwester Maria e lhe estende o envelope. Renée se levanta num pulo, agarra a carta com as duas mãos. Sai da sala quase correndo. Apoia-se na parede do saguão, o lustre está apagado, mas duas arandelas estão acesas. Sob a luz da mais próxima, vê uma caligrafia que não conhece, seu próprio nome e o endereço do Heim. O selo, Hitler de perfil, *Deutsches Reich*, a marca postal: *Berlim, 23.10.44*. As mãos de Renée tremem. Ela leva o envelope ao rosto, cheiro de Artur. Não abre a carta, começa a chorar.

As mulheres saem da sala e se dirigem para a escada. Inge se aproxima dela, toca-lhe o ombro, fala em francês:

— Más notícias?

Renée lhe entrega o envelope. Diz que não consegue abrir e diz:

— Artur morreu.

Inge pega o envelope. Abre, delicada. Tira um cartão. Sorri. É um cartão-postal, com algumas palavras garatujadas. *Liebe Renée*, a data, 23 de outubro, e *Herzliche Grüsse*

111

von Berlin, saudações calorosas de Berlim. E um nome, *Ulrike.* Frau Inge cai na risada, abraça-a, como se ela fosse uma menina que tivesse esfolado o joelho.

Renée a repele, de repente está com o rosto em brasa:

— Não posso ficar aqui — diz em francês. — Vou embora.

Marek

Dezessete vagões cheios de roupa, e o décimo oitavo, de sabonete em flocos. Transportar a carga da estação de Steinhöring ao armazém tomou-lhes a tarde toda. Agora é preciso selecionar, de acordo com a natureza dos artigos. Lençóis, capas de edredom, toalhas de banho. Roupa de bebê. De criança. De mulher. Verão, inverno, todas as estações, vestidos, cardigãs, casacos de pele. Trabalho leve, e o dia está chegando ao fim. Um dia a mais, e ainda está vivo. Em pé. Cambaleando. Em pé. A febre baixou. As costas cicatrizaram. Ele tem fome de novo.

Por fardos, ele vai tirando as roupas dos sacos, que já foram classificadas uma primeira vez e agora precisam ser desembrulhadas e empilhadas. Vestidos, lisos, listrados, de bolinhas, lã, seda, veludo, curtos, compridos, de toque suave. Dezenas de montículos. Os tecidos exalam odores, cheiro de flor, naftalina, suor e sabão, mulher e mofo. Cheiro de uma multidão de mulheres agarrado à fibra, que sobe e impregna o ambiente à medida que ele tira as peças.

Ele aproxima um vestido azul do nariz. Cheiro frutado, que lhe enche a boca de água. É comprido, de cintura fina,

113

a dona devia ser elegante, rica decerto; ele colhe um longo fio de cabelo loiro. Na vida de antes, às vezes encontrava fios assim em suas próprias roupas ou na cama. Os cabelos de Wanda com os quais ele brincava, que ele beijava. Está tão longe que é irreal.

Toda essa roupa, de onde vem? Os judeus só têm direito a levar uma mala pequena quando partem para trabalhar nos campos de concentração. Ou para morrer, como ele mesmo teria morrido se tivesse ficado em Dachau. Lá ele também viu montes de roupas. Dos homens que precisavam se despir para vestir o uniforme listrado dos prisioneiros.

Ele pega um casaco de pele de marta, afunda nele o rosto, tem cheiro de mulher jovem, cheiro de morena de cabelos imensos. Nunca mais ter frio. Acaricia todo o comprimento da pele de animal como se fossem as costas de uma moça, sente certa rigidez na altura do bolso. Sente que os pelos se soltam de imediato, ficam em suas mãos. Entre dois dedos, arranca um punhado deles, que volteiam na luz, o casaco está se desintegrando em suas mãos. Angustiado, larga-o. Toca os dentes com o indicador, passa o polegar nas gengivas. Respira.

Joga o casaco numa pilha. Tira outras roupas de outros sacos. Odores, apetitosos, repugnantes, cheiro de morte, de decomposição. Atira longe os refugos, como se estivessem infectados. Com o gesto brusco, faz uma careta, alguma coisa se abriu de novo, alguma coisa nas costas purga, vaza, linfa, sangue.

Ele se aproxima hesitante da pilha de peles, pega de novo o casaco de pele de marta que havia acariciado, sentido, amado, os pelos se soltam com o mínimo contato.

Tem os dedos cheios deles. Frio nas costas. No bolso do casaco, a rigidez, um envelope. Pega-o, dobra-o, esconde-o no sapato.

Todo um vestuário assombrado, no qual se insinua a sombra de Wanda. Wanda que em alguns meses ele esqueceu, que, no entanto, ele tanto amou. Algo nele a ama ainda. Ama como se pode amar alguém que se conheceu criança, depois se perdeu de vista, há muito tempo. Foi a febre após as chicotadas que a trouxe de volta. Que a fez ressurgir em sonhos assustadores com perda de dentes, de unhas, de cabelos, sonhos de que se está morrendo.

O que resta dela: traços que ele não consegue mais fixar, como se fossem móveis, e, quando ele fecha os olhos para tentar reencontrá-los, suas pálpebras tremem, e não adianta apertá-las, os traços não se tornam mais precisos. Resta sua silhueta esguia, distante, quase desfocada. Mas o jeito, querer se lembrar dele é como tentar agarrar um gesto. Marek tenta se concentrar em detalhes que conhece bem. Mãozinhas brancas, o oval das unhas, as pernas graciosas esculpidas nos tornozelos, o azul dos olhos ligeiramente puxados; pensa nisso, mas as imagens se fundem, movimentam-se, os contornos são móveis, as cores, inexatas, é impossível distingui-las. A imagem se transforma em ideia; Wanda, em fantasma.

Dela lhe resta uma espécie de soluço preso na garganta. Onde estará Wanda? Antes, mesmo ausente, ela estava em todo lugar. Para onde quer que ele olhasse, ela se encontrava. Será que ainda está viva? Ele acredita que sim, tal como nos últimos tempos acredita na existência de Deus. Aliás, só pensa nela quando tem forças para rezar. Na boca, ele sente pelos de marta. Passa um dedo na língua. Cospe ao lado de uma pilha de roupas. Não nas roupas, não, porque se parecem demais com cadáveres de mulheres. Sua esperança é de que ela continue onde ele a deixou. Duvida. Na época em que o prenderam, ela era sua agente de ligação e sua esposa clandestina. Tão vigiada quanto ele. Reconhecível demais. Conhecida demais. Bonita demais. A vida tem a propensão indecente a triturar a beleza. Nada sobrevive melhor, pensa ele, do que os covardes e os crápulas. Ela também estava grávida. Naqueles tempos de guerra, a vida frágil de uma criança é feita apenas para se extinguir como uma vela entre a polpa do polegar e o indicador. Ave Maria cheia de graça, e ele reza pela alma de seu filho nascituro.

Tinham se casado secretamente no ano anterior. Desde 1942, os poloneses não tinham o direito de se casar sem permissão das autoridades, que quase sempre era negada. Mesmo assim se casavam, na Igreja, com a cumplicidade dos padres. As crianças que nascessem desses casamentos clandestinos eram raptadas e deportadas para o Reich, perdia-se qualquer pista delas, e o que era delas então? O bebê de Wanda deve nascer no fim de dezembro. Um bebê de Natal. Se ela não conseguir abrigá-lo, ele desaparecerá, e, pensando nisso, o filho lhe parece ainda mais distante, mais abstrato. A única realidade de seu filho é Wanda. A criança não é nada, Wanda é tudo. Era tudo, quando ele mesmo era um homem.

A possibilidade de sua morte às vezes o toca de leve, como um raio que não o atinge por pouco, mas a dor e o vazio só duram o espaço de um instante, e ele volta à certeza de que a reencontrará, se sobreviver. No bebê ele nunca pensa. Já se apanhou querendo-lhe mal por enfraquecer Wanda e deixá-la com fome, quando ela precisa de todas as forças. Querendo-lhe mal até por sua própria fome. Que ele reencontre Wanda, e os dois terão a vida inteira para se preocupar com filho, outro. Para este não era a hora certa, foi um acidente, e seria justo que ele voltasse para o lugar de onde vem. Quando esse pensamento surge, Marek reza. Uma ave-maria, achando que, certamente, com seus maus pensamentos, está atraindo a desgraça sobre seu filho nascituro. Mas não adianta se recriminar, ele não acredita no improvável milagre de reencontros a três, estes só serão a dois. E ele escolhe Wanda.

Marek Nowak ainda acha que tem escolha. Que, se escolher Wanda, ela viverá.

É uma das frases que ele antes repetia: "A gente sempre tem escolha." A todos os que diziam "Não tive escolha". Sempre se tem. É verdade que às vezes não é fácil fazê-la. Que em certos casos ela custa muito caro. Os que dizem "Não tive escolha" são os que escolheram a facilidade. E, de repente, ele pensa que, se Wanda e ele tivessem também feito aquela escolha, neste momento os dois estariam juntos, felizes e saciados. Toda a sua fibra interior se enrijece, e ele aperta os dentes e acelera o ritmo. As roupas voam, se empilham em pregas, rugas, ondas, misturam cheiros e cores, montes variegados, cadáveres de tecidos flácidos.

E ele conclui que errou, errou redondamente, deveria ter escolhido a felicidade. Então tem um espasmo, que é também o início do choro, ou um suspiro de esforço. Uma pancada violenta no ombro o faz pular — o cassetete de Sauter, que tinha entrado de mansinho, num lugar em que a pele ainda não está cicatrizada. *"An die Arbeit! Und schneller!"* Marek se imobiliza por um tempo breve, não levanta os olhos, retoma o trabalho. E pensa que tudo o que fez, no fundo, não serviu para nada. À custa de sua felicidade, o que ele salvou, o que ganhou, o que comprou? À custa da própria vida, talvez. Todo esse sofrimento inútil. Ele sufoca de raiva, queria berrar de ódio. Sente, na altura do ombro, a pele picar, a camisa umedecer, o sangue correr. Os outros, todos os que não "tiveram escolha", portanto, tinham razão. Ele tenta recobrar a calma. Pai nosso. Que estais no céu. Santificado. Seja o vosso nome.

Helga

Helga arruma as fichas e os questionários de duas novas internas. Em seus gestos, ao mesmo tempo mais rápidos e desajeitados, um nervosismo inabitual. Frau Geertrui está com o médico, na sala ao lado. Através da parede, suas vozes mal audíveis. Ela tenta ouvir, não distingue nada. Olha para uma pilha de pastas e se pergunta se sua carta a Frau Geertrui era reprovável, se ela mesma deveria mencioná-la, pedindo desculpas ao médico. A conversa já dura uma hora, e Helga nem deveria estar ali, seu trabalho termina às 17h45, já são quase 19 horas. A porta finalmente se abre.

— Ainda aqui, Schwester Helga? Então acompanhe Frau Geertrui, *bitte schön*.

O médico lhe dirige um olhar oblíquo que significa: até a porta de saída. Não haverá trens até a manhã seguinte, lá fora é noite.

Helga vai à frente dela pelo corredor, febril, lábios inquietos, querendo saber se ela falou da carta ao médico. Mas Frau Geertrui logo pede — mais uma vez — para ver Jürgen. Não chora, mas, desvairada de dor, suplica que lhe devolvam o corpo de Jürgen, seu primogênito, porque quer lhe dar um túmulo. Helga cochicha que elas vão conversar lá fora, que vai acompanhá-la até a *Herberge*, a hospedaria de Steinhöring. A outra então começa a gritar — de novo — que já não aguenta murmúrios, meias-palavras e silêncio. Que estão mentindo, que mataram seu filho, ela quer sua criança e a verdade. "A verdade, Schwester!" Por que não lhe devolvem o filho, pelo menos seus despojos? Felizmente, todas as internas já subiram, Helga abre a porta de entrada para o frescor da noite fechada.

Ela mesma nunca tinha feito essa pergunta. Em caso de problema, as mães nunca mais eram vistas, não pediam contas a ninguém. Tinham vergonha e tanta pressa de esconder a desgraça que lhes acontecera, que ninguém se perguntava se elas sofriam. O cascalho crepita. Uma coruja pia.

Helga tem o indicador sobre os lábios:

— O que o médico disse?

Sem dúvida ele é o único, no Heim, a saber de fato.

— Que o corpo precisa ficar no hospital, para autópsia, que Jürgen sofria de uma anomalia congênita, que é preciso estudá-la, no interesse do Povo Alemão. Que é o procedimento e, nesses casos, os corpos não são devolvidos à família.

A Schwester Helga faz um sinal ao soldado SS na guarita, que, em vista do uniforme marrom, as deixa passar, *Heil Hitler!* A Münchener Strasse está deserta.

Em seguida, o doutor havia pegado a pasta dela e retirado a cópia de seu *Ahnenpass*.[*] Passou então a fazer perguntas,

---

[*] "Passaporte dos ancestrais", certificado de que a pessoa pertence ao povo alemão há quatro gerações no mínimo.

as mesmas que já lhe fizera antes de seu ingresso no Heim e outra vez após o diagnóstico de Jürgen, sempre a mesma lista, mas com maior insistência. Começando pelos irmãos e irmãs, se houve na família casos de doenças mentais, de retardo, de malformação congênita. Perguntou e anotou (mais uma vez) cada nome, interrogou cada detalhe, o aspecto físico deles, seu histórico escolar, o temperamento e até a vida religiosa de cada um. Demorou-se muito nos pais, depois nos tios e tias, primos, primas. Passou à geração anterior. Inquiriu histórias, na família, de pessoas um pouco estranhas ou apenas originais — olhando-a atentamente, como que para ler seus olhos e sua atitude e decifrar um segredo vergonhoso.

Buscando em suas lembranças, Frau Geertrui pensou numa tia-avó, solteirona meio excêntrica que ria muito, numa prima em segundo grau cujos costumes levianos na época haviam escandalizado o vilarejo, num bisavô alcoólatra. Ela se decidiu por este, o doutor Ebner logo anotou:

— A senhora não tinha falado dele, Frau Geertrui — em tom de repreensão benevolente.

— Não me ocorreu, Herr Doktor.

Ele fez mais perguntas, a idade com que ele morreu, as circunstâncias da morte. Ela não se lembrava bem.

— Mais ou menos quarenta anos. Acho — acrescentou. — Não sei exatamente, eu precisaria perguntar à minha mãe.

Mãe que não sabia de nada, nem que Jürgen tinha nascido, nem que tinha morrido. Imediatamente Geertrui se arrependeu de ter mencionado aquele antepassado, pensou de novo no lindo rostinho pacato de Jürgen, que relação haveria? Mas o médico escrevia mais depressa: desse avô ela sabia a altura, o peso aproximado? Existem fotografias dele? Ela repetiu que não sabia. A cada pergunta, um pouco mais de culpa por não saber, convencida de que escondia alguma coisa que lhe escapava. Depois ele a interrogou sobre seu próprio consumo de bebidas alcoólicas. Se tinha bebido durante a gravidez. Ela hesitou, depois disse "Não, não", e então se lembrou aterrorizada de que às vezes bebia cidra no almoço, e resolveu calar-se. Mas revela isso a Helga, em voz baixa, com expressão de terror:

— Às vezes eu bebia *Apfelwein*, Schwester, acha que é isso?

Elas param diante da hospedaria, térreo iluminado, andar de cima escuro.

Mas ao médico não disse nenhuma palavra sobre o *Apfelwein*, esforçando-se por dar respostas, brutalmente dócil, ela que tinha vindo para fazer perguntas. Anestesiada, quase dopada pelas palavras inquisitivas que se repetiam, por aqueles nomes de pais e de ancestrais vagamente familiares, cada vez mais distantes, cada vez menos conhecidos. Ouvia o médico ir retrocedendo assim, geração a geração, até 1800. Não sei, doutor. Não sei. Não sei. Não sei. Não sei. Não sei. Não sei. Sempre a mesma resposta, e sua voz minguando, perdendo a franqueza. Uma criminosa que queriam obrigar a confessar. Ele não lhe poupou nenhum daqueles nomes já desfiados no dia em que fizera o diagnóstico de Jürgen. Ela respondia numa espécie de bruma. Não sabe e está pouco ligando, só pensa no seu pequerrucho, com o coração batendo rápido. Olha para Helga com intensidade, por que então respondeu sem hesitar, com aquela voz cada vez mais definhada, um fio de voz, é o que ela se pergunta. Aquele interrogatório dava-lhe a impressão de que alguém se preocupava com ela, talvez, de que alguém se preocupava com Jürgen. Mas acabou por entender, de qualquer modo, que alguma coisa nela não funciona direito, alguma coisa em seu ventre ou em sua cabeça está malfeita. Nela, alguma coisa estragou Jürgen. Helga se cala. Tem vontade de lhe dizer que também não sabe.

Frau Geertrui diz que tem dezesseis ancestrais identificados por volta de 1800, com datas de nascimento e de morte, com os respectivos lugares, todos alemães e todos arianos. Diz "nomes que alguns meses atrás eu não conhecia e agora me repetem, como censuras. É como se eles saíssem do túmulo gritando que meu ventre e minha cabeça funcionam mal. Ou para me arrastarem ao túmulo com eles".

O doutor fazia anotações, com um sorriso e balançando a cabeça, benevolente. Como se se tratasse de uma consulta banal, prescreveu-lhe gotas, camomila para os nervos. E também gostaria que ela consultasse um colega, para acompanhamento, e deu-lhe uma carta de recomendação.

Helga dá um passo atrás, como para ir embora, mas Frau Geertrui toma suas mãos e lhe diz obrigada, obrigada. Diz que gosta dela por ter conhecido Jürgen. Talvez pudesse intervir a seu favor, falar com aquele professor Hans Heinze. Helga não responde. Não conhece o *Professor Heinze*, sabendo apenas, por meio do doutor Ebner, que ele é um eminente especialista. Uma ex-colega da escola de enfermagem trabalha sob sua direção e fala muito bem dele. Helga não comenta isso, limita-se a lhe dizer algumas palavras doces sobre Jürgen, ensina-lhe a cançãozinha de ninar que lhe cantava às vezes, nos primeiros dias, no berçário.

— Que felicidade — diz então Frau Geertrui chorando.

Que felicidade era saber que Jürgen estava no berçário, vivo, bonito e perfeito, não longe dela. Tudo ia bem. Tudo ia tão bem. Ela pensava então que o levaria logo para casa, que ia se casar no Heim com o noivo, depois voltar com seu menininho.

— Que felicidade — repete com um soluço. — Foram os dias mais bonitos de minha vida.

E não se lembra de que naqueles dias só fazia chorar, a tal ponto que foi preciso mudá-la de quarto. Sua mão está úmida, agarrada. Helga não ousa soltar seus dedos. Tenta lhe dizer algo que a console e a deixe partir, não encontra nada. Para poder ir embora, acaba por lhe dizer que vai pedir informações sobre o corpo, mas que é preciso se preparar para não o ver voltar. Geertrui, com voz trêmula:

— Ah, obrigada Schwester, obrigada, obrigada.

A outra engole, constrangida.

— Não há de quê, Frau Geertrui. Cuide de si mesma.

Geertrui lhe dirige um olhar lacrimoso, cheio de esperança, como se a enfermeira lhe salvasse a vida. Depois entra na hospedaria, e Helga volta ao Heim com passos rápidos, preocupada por ter ficado fora tanto tempo, preocupada porque o doutor pode notar, preocupada, preocupada e com sentimento de culpa.

Diário da Schwester Helga

Heim Hochland, 27 de outubro de 1944

Dia terrível. Retorno de Frau Geertrui, que quer a todo custo recuperar o corpo de seu filho morto. Que erro, servir assim de espetáculo diante de todo o Heim. Será que ela não tem mais nada para perder? Ela me causa uma pena tremenda.

O único ponto de luz é a carta de minha mãe, datada de segunda-feira, 23, que me escreve dizendo que meu pai foi dispensado de ir combater por considerarem que os agricultores de sua idade devem ficar nos campos. Ela supõe — embora papai não tenha dito nada — que o examinador também percebeu que ele está enxergando muito mal, cada vez pior. Ele anda carrancudo e muito calado desde o exame. Mamãe, por sua vez, mal consegue esconder o alívio.

Carta da Schwester Helga à Schwester Jutta, Hospital de Brandenburg-Görden

27 de outubro de 1944

Liebe Jutta,

Como vai? Escrevo-lhe ainda do Heim Hochland, já faz mais de um ano que estou aqui! É uma sorte poder trabalhar aqui, num ambiente idílico.

Tenho uma pergunta um pouco delicada para lhe fazer. Você acompanhou a documentação do jovem Jürgen Weiss do nosso lar? O doutor Ebner suspeitava de uma doença congênita e o enviou a vocês. A mãe dele, uma de nossas internas, foi muito afetada pelo seu desaparecimento. Ela gostaria de enterrar o corpo. Desconfio que esse pedido seja inabitual, talvez até descabido. Mas você e eu sonhamos tanto, quando estudávamos, com um mundo melhor, no qual o Povo Alemão recuperaria seu verdadeiro lugar. Sabe que fiquei conhecendo nosso maravilhoso Reichsführer por ocasião de uma Bênção do Nome em setembro? Espero poder lhe contar isso um dia.

Você acha que o corpo da criança poderia ser devolvido à paciente?

E você, como está? Espero ter notícias suas em breve.

Um beijo,

Heil Hitler,

Helga

Diário da Schwester Helga

Heim Hochland, 28 de outubro de 1944

Frau Geertrui deve ter falado de mim. Não posso explicar de outro modo a mudança de atitude do doutor. Ele não me disse nada, mas hoje pela manhã me perguntou, sorrindo, como vou, e não era apenas preocupação com meu bem-estar e minha saúde. Perguntou também se eu gostava de minha profissão. Se estou feliz por trabalhar aqui, com as crianças e as mães, quando esses são assuntos de que já falamos com frequência. E como por acaso, no dia seguinte à vinda de Frau Geertrui, com todo o tumulto. Ou então é meu rosto que demonstra cansaço. Ando tão cansada, desde o cartão-postal de Brandenburg-Görden.

Depois, ele começou a me ditar um relatório, para juntar à documentação de Frau Geertrui. Ele a descreve como uma pessoa instável, com ascendente alcoólatra. Sem dúvida com tendência (e essa palavra me fez tremer!) maníaco-depressiva. Ele a encaminha ao doutor Schmidt, em Ingolstadt, para um exame aprofundado.

Recrimino em mim tanta fraqueza. Afinal, o pequeno Jürgen ia se tornar uma dessas crianças disformes por causa da doença mental. Pelo menos ele seria viável? Para todos, inclusive para a mãe, essa morte misericordiosa, rápida e sem sofrimento, é uma coisa boa. Claro, ele era bonito (mas durante quanto tempo?), e seu rosto não revelava nada de preocupante (ainda), mas vi com meus próprios olhos que ele não era normal, tinha dificuldade para se alimentar, seu corpo era mole como o de uma boneca de pano. Suponho que em Brandenburg-Görden ele tenha sido demoradamente examinado. Quero acreditar — e esse ponto me é tremendamente difícil — que decerto ainda o estão examinando. Talvez fosse melhor que a pobre criança morresse, mas seria preciso devolver o corpo à mãe, ela está sofrendo tanto. E, ao mesmo tempo, recrimino, agora, Frau Geertrui por ter servido assim de espetáculo; está sofrendo, é verdade, mas que besteira atrair tantos aborrecimentos a mais por nada. Diagnosticada a tendência maníaco-depressiva, será que ela sabe o que isso significa e quais podem ser as consequências? Sim, é raiva o que sinto agora. Azar de Frau Geertrui. Ela deveria sofrer em silêncio.

Jürgen não era viável.

Renée

No ímpeto de liberdade, sempre há júbilo. Renée já sentira um pouco dessa alegria brutal no momento de embarcar no trem para a Alemanha, como se o simples fato de se afastar resolvesse o problema, como se fugir eliminasse aquilo de que ela fugia. Sempre há alegria em avançar, mesmo sem saber aonde se vai. Ela sai do Heim pela trilha que contorna o lago. E, desse caminho, sai no lugar onde em geral se desvia dele. Dessa vez não põe pão na pedra. Leva no bolso do vestido, embrulhada num guardanapo, uma fatia grossa com manteiga, crocante, de miolo macio. O aroma do pão fresco exala através do tecido. Desculpe, murmura ao ultrapassar o grande caixote de madeira, sem deixar nada lá.

Em vez de retornar pela trilha, como nos outros dias, ela atravessa o arvoredo, passa pela plantação, e o sol derrama uma luz branca sobre sua pele, nenhuma sombra. Usa uma mão como viseira acima dos olhos, não enxerga muito bem. Vai andando com passos leves por um sulco, tentando não estragar os cultivos e não deixar rastros. De vez em quando, um olhar para os lados do Heim, onde está tudo parado. Sua marcha é lenta, o coração bate rápido. Será ainda excitação ou já preocupação? Margeia os quinhentos metros da propriedade. De lá, pega a Münchener Strasse, rua de Munique. Seguir sempre em linha reta. Logo será meio-dia, ela apressa o passo.

Anda mais ou menos uma hora. De um cruzamento chega uma carroça puxada por um cavalo de tiro. Um velho camponês está sentado na frente, "*Grüss Gott*", tufos de cabelo loiro e sujo brotam de um boné marrom, sua pele é congestionada, como que queimada de sol. Ela o cumprimenta com um movimento de cabeça. Entende, na frase que ele lhe grita, a palavra *München*, e ela responde "*Ja*". Com uma das mãos, ele lhe faz sinal para subir atrás. Ela trepa como um gato, senta-se encostada em grandes sacos de juta com cheiro de maçã, entre cestos cheios de repolhos. Dela transborda a luz que lhe enche os olhos e a cabeça; ela franze as pálpebras. Cega, abriga o rosto nas mãos e reabre os olhos só um pouquinho. O calor, excepcional para a estação, derrete-lhe as pupilas, esquenta-lhe os ossos, ela levanta um pouco a saia para sentir mais de perto o sol nos tornozelos e nos pés, através do couro dos sapatos. Está esbraseada. Balança ligeiramente na carroça. Respira.

E é durante esses minutos em que não pensa em nada, em que é levada, inteira, para o céu, para a luz demasiado grande, que ela começa a não respirar bem. Como um incômodo, como se seu peito a apertasse. Mas na realidade nada está apertado, nada incomoda, a não ser a ideia de que ela não tem para onde ir. De que perdeu o único lugar do mundo onde ainda queriam saber dela. Lembra-se com mágoa da viagem para Paris e Lamorlaye, da fome, do medo, de como se sentia nua sem os cabelos, nua e perdida, com o crânio mal disfarçado debaixo de um lenço que nada mais era que um pedaço de camisa de homem. E, à noite, tinha dormido numa estação, escondida numa sombra, sobressaltada com o menor ruído, tiritando apesar de ser verão. No lombo, os sacolejos do caminho, na medula, cada pedra sob as rodas. Relembra os trancos da carroça na qual atravessou Esquay-Notre-Dame e espera que a Alemanha retome aquela cidade, que a bombardeie e que dela não sobre nada, só pedras desmoronadas, poeira, e que essa poeira seja a comida dos homens e das mulheres que a tosquiaram como a uma ovelha na primavera. O rostinho de Renée está crispado, como se ela penasse para aparar um golpe, e o que o fere não é o sol, nem a dor.

A Alemanha é sua única chance. À medida que se afasta, a raiva míngua e a angústia aumenta. Não será ela uma criança impaciente? Artur não será totalmente desculpável? A ideia de que ele pode estar ferido ou morto lhe arranca uma careta. Ele está vivo vivo vivo, e ficará zangado com ela por ter fugido desse jeito, de ser louca, louca, procurando-o onde ele não está. Ela precisa esperá-lo.

Agora está colada ao saco que lhe raspa as costas através da roupa. Encolhida, com uma sensação de frio, como num início de febre. O cheiro forte das maçãs e dos repolhos, dilatado pelo calor, lhe vira o estômago. Decerto os trancos amassaram frutas, murcharam e quebraram folhas, pondo à mostra seu líquido vegetal nauseabundo, já em fermentação.

Ela pula da carroça em movimento, grita *"Grüss Gott"*. O velho então pega uma maçã num saco de trás e a joga para ela, *"Grüss Gott, mein Kind"*. Ela morde, enruga os olhos, a fruta é ácida. Volta-lhe à memória o gosto das maçãs verdes, do tamanho de um pedregulho, cascudas, duras, que ela colhia quando criança e ficava doente só de mordiscar; sente-se enjoada, ainda tem nas narinas o cheiro dos repolhos passados. Olha a Münchener Strasse que é preciso pegar de novo em sentido contrário, uma meia hora pelo menos, uma hora talvez, antes de chegar aos campos de trás do Heim. Suspira. Anda.

Ofuscada pelo caminho largo, seco, arenoso, que reflete a luz. Sapatos com uma poeira cinzenta. O vestido claro também já começa a padecer. Passa um veículo militar, Renée se afasta do caminho e se vira, inquieta. Apressa o passo.

Na altura das primeiras casas do vilarejo, pega um atalho, sai do caminho para atravessar os campos. Topa com três mulheres que estão semeando, uma jovem, duas mais velhas. Elas interrompem o que estão fazendo e se voltam para Renée. Uma das velhas, cabelos de feno, grande carcaça quase masculina, começa a falar alto, dirigindo-se a ela. Ela ouve *Hunger*, fome, entende *Hure*, puta, e entende *Heim*. Entende que não tem o direito de estar ali, no meio daquela plantação. Renée acelera para passar por elas. A mulher que acaba de falar larga o avental, os grãos caem no chão com um barulho de chuva. Agarra o braço de Renée. Que a repele com força. As outras duas se aproximam. A primeira agarra Renée de novo e começa a gritar para ela, as mesmas palavras estão sempre se repetindo, Renée se debate. A mulher lhe dá um bofetão. Renée, menor e miúda, porém mais rápida, devolve o golpe. As camponesas então apelam para pés e punhos, a mais nova berra coisas incompreensíveis, mas dolorosas, e Renée, desequilibrada, está no chão, encolhida.

Súbito, uma delas grita "*Achtung*", cuidado, e todas desaparecem, voando como pássaros ladrões, Renée continua no chão e já nem ouve o barulho dos passos delas. É um soldado que a levanta, o veículo militar está parado na estrada, o mesmo que ela havia visto passar um pouco antes. O colega dele, de quem ela só vê as costas, está correndo para a fazendola próxima, provavelmente para tentar encontrar as camponesas.

O soldado quer ajudá-la a andar, e Renée se deixa levar, apoia-se nele. Ele fala com ela, que não responde. O homem é jovem, rosto enxuto, ela sente seus músculos através da túnica, ele tem um cheiro de espuma de barbear que a faz inclinar-se mais contra ele. Ele a segura pela cintura, ela sente a mão do rapaz passar sobre suas costas, roçar a lateral de seus seios e, quando a levanta, o hálito dele, um leve odor de tabaco. Ele toca de leve o lábio dela, que está sangrando. Fala, ela não entende nada, senão a vibração da caixa torácica do jovem a cada uma das palavras, sua respiração e até os batimentos de seu coração. Dói-lhe tudo, e ela gostaria de ficar lá para sempre, nos braços dele. Afunda o rosto na túnica do soldado. Fecha os olhos, chora.

Marek

Hoje, não há nada, só vegetais, e lá em cima um céu vazio. De um azul que dói. Ele chegou mais tarde que de costume, tarde demais? Nada para disputar com os corvos; um dia, um dos pássaros mergulhou sobre ele, mas, em vez de proteger os olhos, ele protegeu o pão já mordido. Hoje, vegetais, nem uma migalha de pão. Ele pena para abrir a tampa de madeira, a dor lhe inutiliza os dedos, e de imediato sente, subindo, o calor brando da decomposição. Aquele cheiro açucarado de podridão e húmus, de terra ainda não madura. Na superfície, cascas, insetos correndo, baratas, tatuzinhos. Ele pega as cascas, limpa-as com os dedos, enfia dois bons punhados nos bolsos. Mergulha de novo as mãos no caixote de madeira, apanha mais, limpa, enfia na boca, um bocado grande, quase do tamanho de um punho, e engole, voltando a andar depressa. Engole os restos vegetais quase sem mastigar, deglute como se bebesse. Aliás, também está morrendo de sede. Tem olhos para todos os lados, olhos abertíssimos, e não pestanejar lhe permite enxergar melhor e ver o perigo chegar de mais longe. Mete na boca as cascas que ainda tinha na mão direita, um fragmento de miolo cai no chão, ele percebe com pena, mas não recolhe, já está quase correndo. Gosto de terra, de fruta e de mofo, consistência ao mesmo tempo mole e fibrosa, tem um engulho, porém comeria mais.

Chega a um pavimento retangular de concreto, encimado pelo esqueleto de um galpão gigantesco. Ao lado, montes de tábuas de pinho. Um prisioneiro, serrando uma, colocada sobre dois cavaletes, ergue o olhar para o homem que está voltando, baixa-o, não viu nada. Outros trabalham na estrutura de uma parede. Ele tenta controlar a respiração precipitada, para de mastigar, mesmo estando ainda com a boca cheia. Pega várias tábuas, tábuas demais, para mostrar que nunca saiu, que está trabalhando e rápido, o nervosismo aumenta suas forças, ele deposita a madeira junto à estrutura, depois pega uma caixa de pregos e um martelo. Põe-se a trabalhar. Sente-se um pouco melhor a partir do momento em que se agacha, martelando, concentrado até o aturdimento. Faz demais para esconder que fez menos que os outros. O jovem SS que os vigia ainda não voltou, os outros prisioneiros não dirão nada, mas é preciso dar sumiço o mais depressa possível a qualquer vestígio da fuga e de qualquer atraso no trabalho. Logicamente, sua ausência não pode ter durado mais do que alguns minutos, mas a sua impressão é de que esses minutos se dilataram como horas. Ele suga fragmentos vegetais que ainda tem na boca. Isso o acalma. O que sente contra os dentes e a língua deve ser um talo, de maçã talvez, e ele o tritura lentamente entre os molares, movimentando levemente a mandíbula, da esquerda para a direita. Nesse talo deve haver alguma coisa que alimente, seiva talvez, e que salve. Ainda está transpirando, mas tem as mãos geladas. Engole o talo.

Por um bom tempo, o talo fica atravessado em sua garganta. De vez em quando, ele tira uma casca do bolso e a engole. Isso também acalma a sensação de sede. Tem dor de barriga, uma pontada, fome na certa, ou são as cascas cruas, duras no estômago. O cheiro de concreto fresco e de serragem agora o domina, e ele mal sente ainda o gosto de terra e metal que continua ruminando sem objetivo.

Ouve uma voz gritar "*Verdammt!*", droga, mas não levanta os olhos. Tenta acelerar o ritmo. O galpão que estão construindo, como os que já terminaram, tem doze metros e meio por quarenta e dois e meio. Dois destinados aos arquivos e à tesouraria já estavam montados quando ele chegou, e desde então eles construíram mais três para o Heim; falta fazer três: na primavera, deve haver oito ao todo, foi o que Sauter explicou.

Ele conhece bem aquele já terminado, onde se armazena roupa. É aonde precisam levar regularmente a carga da estação. Não só roupas, mas também produtos de higiene, curativos. Móveis para crianças. Com Pierre, ele fala de lá como "vestiário das mulheres mortas", desde que encontrou aquela carta num casaco. Uma carta do gueto de Sosnowiec, datada de 21 de junho de 1943 e assinada Jana.

Minha querida mãezinha,

Mando-lhe um bilhete rápido, pois amanhã partimos para trabalhar na Alemanha e preciso preparar as coisas. Só temos direito a uma mala! Não sei o que escolher, faz dois dias que não durmo. Há a angústia também. Para levar mais, vou me vestir com várias camadas de roupas: em junho! E sua bela pele de marta, de que não quero me separar, nunca, que me dá sorte. Mesmo que eu tenha de morrer de calor, vou levá-la no corpo, pois na mala ela ocuparia todo o espaço. Já costurei minhas joias no vestido que pretendo pôr amanhã, vestido bonito demais para viajar, o azul de seda selvagem, você sabe qual. Já perdemos tantas coisas, quantas perderemos ainda? Deveríamos ter-lhe dado ouvidos, mamãe, e ido com você para Genebra. Que saudade, faz tanto tempo que estamos sem notícias.

Józef disse que estou errada em ter medo; que, como não fizemos nada, não pode nos acontecer nada. A verdade é que, em comparação com o gueto, as coisas só podem melhorar. Saio daqui sem pena, mas não dou conta de minha bagagem! Volto às nossas duas malas, já as fiz, desfiz, refiz inúmeras vezes desde ontem! Você me daria uma bronca se me visse.

Amanhã terei um endereço para escrever no verso do envelope e lhe enviarei uma carta assim que chegar.

Um abraço bem forte!

Jana

No verso do envelope, não há endereço.

Jana. Dela só resta essa carta nunca enviada, esquecida ou deixada no casaco arrancado, roubado, perdido. E aquela pele perdendo a pelagem. Onde está Jana? Ele escondeu a carta perto do caixote de madeira, entre duas grandes pedras que empilhou, para protegê-la da umidade. O dormitório deles é regularmente revistado. E essa carta precisa chegar ao destino. Chegar à senhora Kowalczyk, em Genebra.

A boca de Marek está vazia, seus bolsos também, ele suga a parte interna das bochechas, fica na língua um gosto de terra, de vegetal já meio digerido pelos bichos.

Onde está Wanda?

Helga

Brandenburg-Görden, 4 de novembro de 1944

Liebe Helga,

Como estou feliz por receber notícias suas, mas você dá bem poucas na última carta, ela é tão breve! Conte-me tudo sobre nosso Heim Hochland, uma amiga minha que deu à luz aí há alguns meses, Elsa Widerin, me enviou um cartão-postal daí que faz a gente sonhar! Em Görden, eu o pendurei no meu quarto de residente. Sabe que eu gostaria de ser transferida para um de nossos lares? Infelizmente, acho que não terei essa possibilidade de imediato.

Lembro-me muito bem do filho de sua interna, Jürgen Weiss. Ele exibia vários sinais de degenerescência, o professor Heinze o recebeu pessoalmente quando ele chegou e o estudou durante cerca de uma semana. Fui eu que assisti o paciente durante a Desinfektion misericordiosa. Fique tranquila, ao lhe dar o remédio para beber, segurei-o nos braços com muito cuidado e até com ternura. Sempre os seguro assim nesse momento. E você sabe que, com a morfina, ele não sofreu. Nenhuma de nós quer que eles sofram inutilmente. Mas você também sabe como ele ficaria. Pense na tristeza da mãe se ele crescesse. Quanto ao corpo, está há muito tempo no laboratório do hospital, sem dúvida já não resta nada dele, nada de distinto, em todo caso. Não tenho acesso, de qualquer modo.

E o seu pedido é inabitual. Pelo menos informou o doutor Ebner? Por favor, liebe Helga, nada de fraqueza condenável. Mas eu também me lembro de nossos anos na escola de enfermagem e mais ainda do tempo que passamos juntas na Bund Deutscher Mädel; sabe que sempre me acontece de cantarolar aquilo que cantávamos em volta da fogueira? E, em danças folclóricas, éramos as melhores, nenhuma outra Mädel chegava aos nossos pés; se bem que você era ainda mais graciosa que eu.

Foi melhor assim, a morte do bebê, e de um modo que a mãe guarde dele a lembrança de um belo menino, e não do monstro que ele se tornaria. E em breve não nascerão mais crianças assim, você sabe, tanto quanto eu, que bastarão algumas gerações para que nossa raça seja de novo rein, *pura. Diga à sua interna que esqueça o mais depressa possível e, se puder, faça outros filhos* gültig, *válidos, para a glória de nosso Reich.*

Viele Grüsse und immer,

Heil Hitler!

Deine Jutta

Heim Hochland, Steinhöring, 8 de novembro de 1944

Liebe Frau Geertrui,
Depois de tomar a providência que lhe prometi, lamento ter de informar que o corpo de Jürgen não pode lhe ser

devolvido. Sem dúvida é melhor assim. É preciso conservar o menor número possível de vestígios da infelicidade que a atingiu. A senhora é jovem, e mais vale considerar que tudo não aconteceu ou não foi de verdade.

Desejo que tenha muita coragem.

Heil Hitler!

Helga

Renée

Ele a carrega como uma mulher desmaiada ou uma recém-casada; ela está de olhos fechados, com uma das mãos perto do pescoço do homem; sente o calor da pele dele através da túnica, misturado à tepidez de seu vestido. Não abre os olhos quando ouve a voz do médico, quando é envolvida por braços, erguida, deitada na cama médica. Agarra-se à manga do soldado, olha-o. Larga.

Ele sai do aposento sem um olhar nem uma palavra para ela, apenas um *"Heil Hitler!"* dirigido ao médico.

Ela está sozinha de novo. Não respira direito, tem a garganta saturada, o ar entra com muita dificuldade, fica bloqueado, sem chegar aos pulmões, que se tornaram minúsculos. Até o esterno, seu ventre agora ocupa todo o espaço, ela está encerrada por inteiro nele, não há mais saída. Sente então uma contração dolorosa que a dobra ao meio sobre um útero duro como pedra.

Uma mão pousada em seu baixo-ventre, a voz do médico em francês:

— Inspire, o ar desce até minha mão, expire, de novo, inspire, até minha mão, expire.

A dor reflui lentamente, o útero fica menos duro, ela respira. Abre os olhos. Teto branco, tudo novo, uma fenda se abrindo. Ele diz alguma coisa, em alemão, à enfermeira, a Oberschwester Margot, que então se aproxima e começa a desabotoar o vestido dela com brutalidade, olhos raivosos, uma sombra de bigode.

Na moldura da porta, aparece a Schwester Helga, mas o médico lhe faz um sinal de que não precisa dela. Renée gostaria tanto que ela ficasse, teria menos medo. Na semana anterior, durante a noite de danças folclóricas, tinha mostrado um passo normando à jovem alemã, que executara graciosamente o exercício, e as duas tinham rido juntas. Ela olha a porta fechada atrás da enfermeira que, em sua grande solidão, ela considera uma amiga.

O médico passa o estetoscópio logo abaixo de seu umbigo. Ela entende na frase "*Kind*", criança, e "*gut*", bem. Sabe que o coração do bebê bate muito rápido, é quase uma vibração. Faz alguns dias, ela até sentiu na altura do ventre um movimento debaixo da palma da mão, uma pequena onda, "a onda do começo", disse Frau Inge. Com a ponta dos dedos, toca o olho inchado, o lábio fendido que continua sangrando.

A Schwester Margot pega um frasco, algodão, embebe-o e o passa com brusquidão sobre seus ferimentos, suas pernas, seu lábio, apertando, Renée deixa escapar um gritinho, de dor e de surpresa. *Ela faz de propósito.* A enfermeira passa então o algodão ao lado do olho contundido, e imediatamente Renée o cobre com as duas mãos, ele está em brasa, como se tivessem jogado ácido. Renée não grita, fica segurando o olho, não vai enxergar nunca mais. Contorce-se na cama médica, apertando os dentes.

A porta se abre. Ela está com tanta dor que não olha de imediato o homem fardado.

— *Guten Abend*, Max — diz o médico.

— *Guten Abend*, Herr Sollmann — diz a enfermeira.

Ele cumprimenta a Schwester Margot e o médico, chamando-o Gregor. Renée já o viu na cerimônia, cabelos escuros penteados para trás, uns quarenta anos, e ouviu algumas internas chamá-lo "*der schöne Max*", o belo Max.

Ele se vira para Renée que, por reflexo, se endireita, ainda com a mão no olho, transpirando de dor, não sendo nada além daquele olho cego e queimado.

— Por que saiu do Heim? — num francês perfeito.

— Estava passeando — voz minguada, pequena.

Renée sabe muito bem que ela não tem o direito de sair da área da propriedade.

Ele então tira um envelope de uma pasta que traz debaixo do braço:

— De onde vem esta carta?

Renée enruga os olhos, não ousa acreditar:

— É uma carta de Artur Feuerbach?

— É a carta de uma judia polonesa. Quais são seus laços com ela?

Nenhuma resposta, ele continua:

— Foi sua vizinha de quarto que encontrou essa carta escondida entre duas pedras num lugar onde, conforme diz ela, a senhora passa várias vezes por dia, no fundo do parque, perto da compostagem. Ela garante que a senhora tem um comportamento suspeito.

Ele olha para ela durante um instante. Nenhuma resposta, ele prossegue:

— Quem a senhora vai encontrar nesse lugar?

— Não encontro ninguém. Ninguém. Vou passear, só isso — ela está quase gritando.

Max Sollmann se volta então para o médico. Renée não entende nada, só a palavra "*Französin*", francesa. O médico responde, e ela entende a palavra "*isolieren*", isolar. Então Sollmann sai, e a Oberschwester se dirige ao médico, com voz áspera; dessa vez ela distingue "*Spion*". Espiã? Renée se enrijece. Vira-se para o lado, como se essa posição lhe causasse menos desconforto. *Não devo gritar, senão vão achar que sou culpada.* Ela aperta as pernas, contorce os pés para se livrar da dor. Não ousa tentar abrir o olho ferido, tamanho o medo de tê-lo perdido; ele chora e chora, enquanto o direito continua seco. *O que farão os alemães com uma espiã francesa em tempos de guerra?*

Marek

Nada de pão. Nada de carta. A carta desapareceu. Mesmo estando escondida entre duas pedras. Em que mãos terá caído? Quem pode ter visto que aquelas pedras tinham sido movimentadas? Ele olha ao redor, ninguém.

Abre o caixote de madeira como se a missiva perdida estivesse lá. Em volta, chuta as folhas secas do chão. Elas se dispersam, douradas, vermelhas, marrons, mortas. Pretas em breve. Pretas pretas pretas, terra, lama. Ele levanta outras pedras em outros lugares e nada. É tarde, ele não tem nada que fazer aqui. Se apanhar novamente de Sauter, não vai sobreviver, se de novo o fogo entrar em suas chagas, ele entrará, por sua vez, na morte. É preciso manter as costas fechadas. O coração apertado.

Precisa correr, correr, correr.

Ai, aquela carta.

Aquela carta. De uma desaparecida para uma exilada. De que serve?

Como ele se apegava a ela, porém. À ideia de fazê-la chegar às mãos da destinatária.

Tenta se lembrar. Do nome. Do endereço. Genebra. Rua... O nome da rua, meu Deus. A filha se chamava Jana.

Esforça-se por rememorar a carta, mas só vê a pele se decompondo entre seus dedos.

Quer reencontrar as palavras, as palavras exatas, pois as frases se desmancham em sua lembrança. Minha mãezinha. A mulher morena de cabelos infinitos começava assim, como uma menina, minha mãezinha. Ele de repente pensa na própria mãe, mamãe, ah, mamãe se me visse, e as lágrimas lhe sobem aos olhos, embora faça anos que não chora, são lágrimas antigas, que ele guardou de criança. O que pôr nessa mala tão pequena, só temos direito a uma mala para ir trabalhar na Alemanha. Essa marta da sorte que levarei no corpo amanhã com outras camadas de roupa, nunca me separarei dessa pele que você me deu. Mas só ela já seria bastante para encher a mala inteira. Não durmo, de tanto fazer essa mala e precisar deixar todo o resto para trás. Meus vestidos bonitos. Todas as minhas coisas bonitas. Já perdemos tanto, o que perderemos ainda? Józef diz que não temos nada que temer, pois somos inocentes.

Mas deveríamos ter-lhe dado ouvidos. Ir com você. Estar com você. Ficarmos juntos.

Nós tínhamos escolha.

Eu tinha escolha. Eu tinha escolha. Ah, meu Deus.

Ele diz baixinho, Wanda, mas nem pensa nela, tão longe ela está.

Helga

Segunda-feira, 13 de novembro de 1944, manhã de outono de um amarelo queimado, céu meio enevoado, gramado coberto de orvalho. Foi Helga que procuraram primeiro. Mas, em torno de Frau Geertrui, prostrada, também se atarefam a Schwester Margot e a Schwester Brigitte. Na margem, ela está com as veias cortadas e o olhar voltado para o lago, como que para se atirar nele. Virado para cima, seu punho direito vazava a cada batimento do coração, mas ela não se esvaziou de sangue, seu coração não parou, e, quando acordou, o punho esquerdo já não escorria.

— Ela chegou ontem no começo da noite, talvez até já durante a tarde — diz a Schwester Margot.

— Provavelmente, Oberschwester, ela está hipotérmica, acho — responde Helga. — Frau Geertrui, está aqui desde ontem à noite, é isso? Consegue andar, por favor? Pelo menos ficar em pé?

Mas não adianta Helga falar, ela não responde; olha as gotas de sangue caindo, afunda os olhos nas mangas destroçadas da blusa, parece admirada, todo esse sangue e nada, quanto sangue é preciso para morrer? Achando que ia se matar, ela apenas acabou dormindo.

— Acorde, Frau Geertrui, por favor.

E Frau Geertrui então se levanta, talvez para fugir, porém tarde demais, ela desaba, simplesmente.

A Schwester Margot e o SS da guarita, um rapaz castanho com bochechas de bebê, ajudam Helga a levar Frau Geertrui para o Heim. Que atrás de si deixa a grama vermelha, como se as flores tivessem desbotado. O corpete, a saia e as mãos estão uma calamidade, e o sangue continua escorrendo, devagar, de sua pele muito branca, como uma porcelana vazando. Um belo vaso rachado que não retém mais nada.

Estão ainda fora do Heim quando o doutor Ebner chega correndo, põe o indicador e o médio direitos no pescoço da moça, apoia-os na jugular, depois, com os mesmos dedos, abre sua pálpebra sobre um olho revirado. Pensativo, manda colocá-la no quartinho do térreo, ele irá examiná-la depois. A Schwester Margot murmura que o doutor é bondoso demais. Sua mão esquerda, em torno da cintura de Frau Geertrui, tem sujeira debaixo das unhas.

Eles a instalam no quarto, o da torneira com defeito, onde ela passou sua última noite no Heim. É o cheiro que primeiro sufoca Helga. Fedor de leite azedo, apesar da troca dos lençóis. Provavelmente o leite impregnou a roupa de cama ou uma ínfima bruma láctea se depositou nas paredes ou no chão, e resta alguma coisa dela, apesar da limpeza. Manteiga rançosa, feno quente, e, de novo, tão depressa, cheiro de fechado, que vira o estômago de Helga, algo de velho e morto se desprende daquele aposento.

Ela escancara a janela, como da última vez, *déjà-vu*, impressão de reviver a mesma cena e o mesmo momento. Frau Geertrui também sentirá o perfume brutal do passado? Está deitada de costas, nela nada se move, suas pálpebras tremem, e é só.

Um estremecimento dos lábios, que se entreabrem, se fecham, se entreabrem. Ela diz que da última vez, naquele quarto, havia felicidade. Porque havia Jürgen. Subitamente invadida por uma nostalgia sufocante. Helga, porém, a revê dobrada sobre o filho e chorando, com os olhos como fissuras cinzentas e vermelhas em seu rosto bonito. A infelicidade da véspera pode, portanto, tornar-se a felicidade do dia seguinte, e assim se tem um poço sem fundo no qual se pode cair cada vez mais baixo. A infelicidade é provavelmente o que dá a ideia mais correta daquilo que pode ser o infinito. Helga responde que ela precisa se recuperar:

— Vai passar, a tristeza sempre passa, a senhora deve pensar sobretudo nas consequências de seus atos.

Sentada na beirada da cama de sua paciente, ela desinfeta os cortes, matutando que as fendas dos olhos foram substituídas por outras duas, as dos pobres pulsos, que ela está suturando; a pele é um tecido de fibras finas que foram cortadas, e é preciso costurá-lo. Depois faz o curativo sem dizer nada. O sangue parou de escorrer. Dos dois ferimentos agora vaza linfa misturada a um resto de hemoglobina, que logo mancha o curativo de amarelo.

O ar claro da manhã enche o quarto, é um dia especialmente bonito.

— Um dia magnífico — diz Helga, como que para fazê-la entender seu erro.

Frau Geertrui pestaneja, com dificuldade.

— Os dias magníficos são os piores. Porque Jürgen nunca vai conhecê-los.

E então suas palavras também se põem a escorrer. Jürgen só teve alguns dias magníficos, dezessete *ganz genau*,* dez horas e um punhado de minutos, vivendo em seus braços e sem quase abrir os olhos. Viveu em seu cheiro e seu acalento, e sorria, sorria sonhando. Depois o levaram, e ele morreu doente e longe dela.

Frau Geertrui diz que, com todo o sangue que despeja desde o parto, com suas regras hemorrágicas, é como se perdesse o sangue de Jürgen, como se ele continuasse a morrer nela. Diz que por isso se sentiu aliviada ao ver seus pulsos sangrando, tudo o que escorria de seus pulsos cortados era sangue que ele já não perderia, o sentimento dela era de bem-aventurança ao se sacrificar por ele e partir a seu encontro.

— Eu tinha a felicidade nas mãos, e ela me escapou, água passando entre os dedos, água, e nada a segura, nada.

Helga não responde, gostaria que ela se calasse, põe um indicador sobre seus lábios. Diz então:

— E se estes momentos de agora se tornarem aquilo que amanhã a senhora chamará de felicidade?

A outra dá uma risadinha seca: o que lhe importa o "amanhã"? Diz que o insuportável é ver outros bebês, ouvir choro de recém-nascido, isso lhe parte o coração, ela tem a impressão de reconhecer, de ouvir o seu neném, que nunca mais verá, nunca mais abraçará, ele morreu, partiu, e isso

---

* Exatamente.

dói tanto que ela sente uma espécie de vertigem, vazio por todo lado. E detesta aquelas mulheres que têm o direito de ser mães, detesta aqueles bebês, que têm o direito de estar vivos, enquanto o seu era mais bonito, mais bonzinho, e ela o amava muito mais do que todas aquelas *Dirnen** sem coração, que abandonam seus pequenos no berçário do Heim.

Diz que está obcecada pelo cadáver do filho, seu peso, a cor de sua pele, a aparência de seu rosto. Que o mais duro é imaginar o tempo todo o corpo de Jürgen, corpo agora destruído, ela se pergunta como terá ficado. Imagina-o apodrecendo, a carne viva. Murmura essas coisas com expressão aterrorizada. Diz que, na última vez que pôs os pés num açougue, se sentiu mal, que o aspecto e o cheiro da carne a deixam fisicamente doente, a carne humana, os ossos, os nervos, ela imagina Jürgen aberto, imagina-o ensanguentado. Ela o vê no meio de um lixo orgânico, acorda sobressaltada à noite porque sonha que ele está queimando. Imagina seus ossinhos, sua cabecinha, seus pequenos despojos. Pergunta-se onde estarão.

Tenta reencontrar o peso de seu filho em cada objeto que levanta, ele pesava — não é? — três quilos e quatrocentos, menos no fim, no fim, quando o pegaram ele não pesava mais que três quilos e pouquinho. Cada vez que ergue um pacote de açúcar, de farinha ou qualquer outro, pensa nele, no que ele pesava em suas mãos e em seus braços, na sensação daquele peso. E se pergunta quanto pesa agora, quanto pesa o que resta dele. É uma obsessão, ela só

---

* Moças levianas, putas.

pensa nisso e, claro, não diz nada a ninguém. A Schwester Helga é a primeira, a única com quem ela fala disso. Porque Jürgen não existe para ninguém, só para ela e para Helga, que o conheceu, até o segurou no colo e lhe cantou cantigas de ninar. Por isso gosta tanto de sua companhia. É o que lhe resta de Jürgen. E esse lugar é a casa efêmera de seu filho. O que, para ela, mais se parece com um cemitério. Ela não tem vontade de ir embora.

Quando vê uma criança, ou um pedaço de carne, um osso de frango ou uma gota de sangue, sofre fisicamente, tem náusea e dificuldade para respirar, sofre quando carrega um objeto que pese mais ou menos o que Jürgen pesava, então é insuportável, é então que ela sufoca. E é por isso que não vai poder continuar vivendo. Por isso que precisa enterrá-lo, para deixar de vê-lo e de reconhecê-lo em cada criança e em cada resto animal. E para que ele deixe uma marca em algum lugar, uma marca material neste mundo. Quer um túmulo para ele, um lugar onde possa deixar uma flor, quer o nome de Jürgen gravado na pedra, nome que só ela conhece, além de algumas *Schwestern* que já o esquecem.

Pensa com frequência naquela enfermeira que levou Jürgen sem olhar para ele. E naquele carro preto se afastando. Aquele era um carro funerário, era o ataúde de sua criança que enterravam, não haverá outro veículo, senão aquele, preto e brilhante. E, enquanto não lhe devolverem o corpo de Jürgen, ele não terá outro túmulo senão o seu ventre, "deve sobrar alguma coisa dele aqui dentro, alguma coisa dele nesse sangue que continuo perdendo, alguma coisa nas marcas de meu ventre". E "Meu ventre é um túmulo".

Seu filho, diz ela, não conhecerá a neve, nem as estações do ano, nem o amor. Não sentirá a chuva no rosto. Não verá o mar nem as florestas, nunca sentirá a terra sob os pés, pezinhos que nunca tocaram o chão, seu bebê nunca andará. Os olhos dele estão abertos para um céu que ele não pode ver, seus olhos cor de cinza se tornarão pretos, depois cavados, depois buracos, depois nada mais. Diz isso mesmo, depois nada mais.

A raiva de Helga deu lugar a outro sentimento, ou melhor, a uma sensação desagradável, que ela não consegue identificar. Sai do quarto quase correndo, aliviada por sair, com vontade de fugir para longe, diante daquela dor tão grande que chega a ser repulsiva, e todas aquelas palavras, os pormenores daquele sofrimento lhe parecem obscenos, como nos doentes que sofrem a ponto de se defecarem sem mais preocupação. No entanto, nada do que é do corpo assusta Helga. Mas a maneira como Frau Geertrui fala lhe é intolerável. Aquele desespero suja tudo, estraga tudo, lança sombra sobre seu sol e sua própria alegria de viver. A presença, a simples existência daquela mulher provocam em Helga um misto de piedade, aversão e raiva, sem que ela saiba ao certo qual a proporção de cada sentimento.

De volta ao berçário, embora isso não faça parte de suas atividades, ela ajuda a Schwester Anna a limpar os umbigos e a substituir a faixa que envolve o ventre deles durante alguns dias. O choro daquelas crianças lhe parece reconfortante, ela lhes diz palavras de ternura, canta acalantos, envolve em cueiros aqueles que não pegam no sono. Promete que suas mãezinhas logo virão e que está quase na hora de mamar.

Depois desce para sua sala, porque ainda tem vários relatórios manuscritos para datilografar. O primeiro se refere a Frau Geertrui, que deve ser anexado à sua documentação. Ela o lê de uma vez só, e a repulsa retorna, mais forte, e a invade. O doutor Ebner fala da tentativa de suicídio de Frau Geertrui, descrevendo-a como profundamente deprimida, o que explica o fato de Jürgen ter nascido com debilidade congênita. E a encaminha ao doutor Schmidt para proceder à esterilização. Helga datilografa, depois enfia a folha na pasta. Na primeira página, junto a informações gerais, o médico escreveu a lápis, sublinhado, *Para esterilizar.*

Diário da Schwester Helga

Heim Hochland, 13 de novembro de 1944

Certamente foi minha carta a Frau Geertrui, na qual escrevi que ela não poderia recuperar o corpo do filho, que a fez tomar a decisão de vir ao Heim. Ela tentou se matar.

Não me sinto feliz com que sou ou me tornei, mas não consigo identificar o que fiz de errado, exatamente. Nem entender o que me incomoda tanto em mim, desde que Jürgen morreu. Uma impressão de traição. Ao dizer coisas demais a Frau Geertrui, será que traí o doutor? Meu país? Meus ideais? Terei traído a mim mesma? Não sei de onde tiro todas essas perguntas. Certamente essa náusea horrível é devida ao cansaço, só isso. Tomei a decisão de não falar mais com as internas, de evitar contatos com elas, pois minha função assim permite, de não mais me apegar a elas sob nenhum pretexto, de não tomar conhecimento de nada da vida delas. Meu papel é acompanhar o médico na elaboração da documentação. De assisti-lo nas consultas, se for preciso. De tratar as pacientes, em caso de necessidade, nada mais, e obedecer. Desde que tomei essa decisão, me sinto melhor, muito melhor. Reconheço minha alma.

Renée

Sozinha num aposento sombrio, cortinas fechadas. A escuridão acalma o olho ferido, que qualquer luz intensa irrita, mesmo através da pálpebra. Olho tumefato e como que arranhado na superfície, por causa do álcool. A dor é menos aguda, mas a irritação não diminui. Um olho cheio de areia, cheio de terra, cheio de lama cada vez mais seca, que ela segura na palma da mão, como se ele fosse cair.

Mal ousa se mexer. Há dois dias está ali, naquele quarto vazio, menor que os outros, mobília velha. Nenhum número na porta. Ao levá-la, a enfermeira que lhe queimou o olho deixou claro que ela não devia sair. Dois dias, e uma jovem Schwester lhe leva comida, sem lhe dizer nenhuma palavra, visivelmente assustada; deposita a bandeja na escrivaninha e foge. A porta não está fechada à chave. Por isso Renée não tem vontade de sair de lá. Porque, se sair, morre. Lá fora é guerra. Lá fora ela é a inimiga.

Ninguém nunca vem. Nem mesmo Frau Inge. Uma única vez, Renée se aventurou no corredor. Viu a sombra de uma Schwester e entrou logo, como uma criança que sai da cama sem permissão. Deitou-se de novo, fez de conta que dormia, ainda que ninguém tenha ido verificar. Ninguém, nem para cuidar dela. O que vão fazer com ela? E Artur, o que pensaria se a visse assim, suspeita de não se sabe que crime, por causa de uma carta que ela nunca viu?

Lá fora ela é a inimiga, dentro ela é a inimiga também. Aquela gente não gosta dela. Só a tolera, por causa da criança que carrega.

No quarto ao lado, uma mulher chorou até alta madrugada. Através da parede, Renée ouvia seu choro. Gelada. Sentou-se na beirada da cama, hesitante. Ir lá por quê? Dizer o quê? Falar de quê, com essa alemã? Bem sozinha ela também. Renée não se levantou, ficou olhando a escuridão com o olho direito, a mão sobre o esquerdo, olho de sal e areia seca, lutou contra a vontade de afundar mais a palma da mão, o punho, na órbita, buraco negro cheio de dor. Ao lado, os soluços às vezes paravam, depois recomeçavam. Um mar de soluços e lágrimas que subia, refluía, com gemidos quase animais. No fim, só houve silêncio. Madrugada ainda, mas já com pássaros. Pássaros, e, deixando fechadas as cortinas, Renée abriu a janela, somente na largura de dois dedos, para ouvir melhor os trinados, sentir mais o dia nascer. Poderia ter aberto tudo. Fugir. Foi se deitar de costas, fechou os dois olhos, tirou a palma da mão da pálpebra. Adormeceu. O sono se tornou sua única felicidade, gostaria de continuar dormindo, para sempre. Acordou de manhã, com o som de várias vozes no quarto vizinho. Uma porta se fechando. Depois mais nada. Nem mais um rangido, nem mais um suspiro. A alemã triste deve ter ido embora.

Helga

O doutor Ebner atrás da escrivaninha, expressão preocupada, mas, como sempre, sorrindo, diz "Schwester Helga". E lhe faz sinal para se sentar, como a uma paciente. Um instantezinho de vacilação, depois ela se senta. A hora também é inabitual, já é tarde, as internas estão bordando na sala de convívio, preparando-se para subir.

— *Liebe Schwester Helga.* Você sabe melhor do que ninguém que os últimos dias foram agitados, duas internas nossas revelaram um comportamento decepcionante. Mas não é disso que se trata; se a chamei a esta hora adiantada, é porque agora temos um grave problema no Heim. Hoje à tarde tivemos de mandar embora a Oberschwester Margot.

Helga, de olhos bem abertos, leva a mão à boca.

— Sim, o trabalho da Oberschwester Margot, como você sabe, muitas vezes deixava a desejar. E várias de nossas mães se queixaram comigo. Você também se lembra da indiscrição dela a respeito da identidade do *Kindesvater*, pai da criança, de uma delas, embora, assim como você e eu, ela fosse obrigada a manter o mais rigoroso segredo. Algumas internas chegaram até a escrever ao nosso Reichsführer. Foi ele que me pediu que a investigasse. Os pertences da Schwester Margot foram revistados hoje de manhã, e encontramos na mala dela as porcelanas Allach que tinham desaparecido de nossos armários há alguns meses.

Helga balança ligeiramente a cabeça.

— Depois de interrogá-la, nós a fizemos ir embora do Heim imediatamente. Schwester Helga, quero que a substitua.

— *Aber,* mas, Herr Doktor.

— Você será perfeita. Preciso de você.

Ela hesita. Depois de um momento de silêncio:

— À sua disposição, Herr Doktor.

— Fique sabendo que nosso Reichsführer se lembrou de você e a mencionou em termos muito elogiosos.

Ele sorri. Ela enrubesce, baixa os olhos.

— *Danke*, Herr Doktor.

Ela hesita de novo, ousa:

— Herr Doktor...

— *Ja?*

— Acha que poderíamos dar uma chance à pequena *Französin?* Ela é tão jovem, uma criança.

— Sem falar dessa estranha história da carta, ela pôs o filho em perigo saindo do Heim, é o que uma mãe pode fazer de pior.

— Sim, mas nenhuma de nossas internas sabe até que ponto a fome enfurece nossos aldeões contra elas. Ela só queria dar um passeio.

O médico aquiesce, ergue as sobrancelhas:

— Se ouvissem como falam delas.

Helga se cala, com um pequeno gesto frágil das mãos, retoma fôlego:

— Herr Doktor, se me permite, o *Kindesvater* é filho do Gruppenführer Feuerbach. O senhor sabe que o avô paterno da criança que vai nascer acaba de morrer. Não podemos mandá-la embora do Heim sem pedir a opinião do *Kindesvater*, e ele está no *front*.

Ele sorri, esfrega os óculos redondos com um pano.

— Você tem bom coração, Schwester Helga, um coração muito bom, e tem toda razão. Só que isso não depende de mim, mas do Standartenführer Sollmann, e não sei o que ele quer fazer com essa moça, ela já deveria ter ido embora. Mas vou falar com ele. A criança será bonita, isso é certo. Sabe que o ruivo é a quintessência do loiro? É a feomelanina, a boa melanina, que cria o ruivor e aquela pele que se avermelha com o primeiro raio de sol. Se o *Kindesvater* não quiser essa criança, ela fará a felicidade de uma boa família alemã. Sim, vou falar com Sollmann amanhã, ficaremos com *die Französin*, pelo menos até o nascimento da criança. Nosso Reichsführer repetiu várias vezes, ficaremos com todo bom sangue de que pudermos nos apoderar, venha de onde vier. Mas não vamos colocá-la no quarto de Frau Gerda, de jeito nenhum, *bitte schön*, não vou aguentar receber outra ligação do marido dela.

— *Danke*, Doktor Ebner.

Diário da Schwester Helga

Heim Hochland, 14 de novembro de 1944

Oberschwester! Começo amanhã. Um novo início. Uma função que implica maior proximidade com as internas e as crianças, mas vou poder corrigir meus erros. Tornar-me mais indispensável ainda ao doutor. Voltar a ser irrepreensível. Sinto-me renascer.

TERCEIRA PARTE

Último refúgio

Marek

Uns cem metros atrás do lago, Marek e os outros homens do campo de concentração estão na estação de Steinhöring, para descarregar vagões de mercadorias. Frequentemente mantimentos, açúcar, cacau, laranjas, frutas frescas, ou então roupas, nos últimos tempos sabonete em flocos, centenas de quilos. Hoje, nenhum cheiro de sabonete nem de comida. Os prisioneiros, como de costume, formam uma corrente para irem passando os pacotes. O primeiro homem perto do vagão, o último perto da caminhonete com capota de lona, e Marek entre os dois. O que está perto do trem, um tcheco, padeiro de formação, entrega-lhe uma cesta enrolada por um cobertor e grita "*Kind! Kind!*", mas Marek não entende o que ele diz. Pega a cesta, é bem leve, quatro ou cinco quilos talvez, e, tomando um pouco de impulso, prepara-se para jogá-la ao companheiro perto do veículo, quando ouve um vagido sair do pacote. Quase o deixa cair. Respira fundo, deposita-o no chão, desenrola o cobertor.

Um bebê, numa cesta de vime. Continua chorando, com os pequenos punhos fechados, como um boxeador em miniatura. Marek está com as mãos suadas, os joelhos bambos. Dobra de novo o cobertor sobre aquela coisinha berradora e a passa com cuidado para o companheiro. Quando uma dúzia de cestas se alinham em duas fileiras, o veículo parte, dirigido por um SS. Marek e os outros ficam lá, sob a guarda de um soldado. Trocam olhares horrorizados. Um deles abafa um soluço, com a palma da mão na boca. Marek abaixa os olhos e começa a rezar, crianças tão pequenas! Ainda há muitas no vagão, talvez o dobro das que já foram. A caminhonete volta depois de uma meia hora, vazia. Os prisioneiros se põem de novo a carregar crianças. Ao todo, perto de quarenta. Uma delas começa a chorar e é seguida por várias outras. Marek não consegue se livrar do tremor das pernas, e de suas mãos quase pinga o suor, será a fome, será o horror de amontoar bebês num veículo da SS, que só pode levá-las para a morte? Ele pensa no bebê de Wanda, atordoado. Pensa em Wanda.

Depois, de novo, pensa naqueles nenéns enquanto vai para o galpão que estão construindo. Volta à pilha de tábuas que tinha deixado para trás de manhã. Retoma o trabalho. Suas mãos têm dedos endurecidos, palmas já calosas, a direita um pouco mais que a esquerda, mas não o bastante. Ainda resta maciez suficiente para que se forme um novo ferimento e apareça uma nova dor. Marek enfia pregos nas tábuas, e o cabo do martelo esfola sua pele a cada batida. Agora segura a ferramenta com as duas mãos, de atravessado, para evitar que fiquem em carne viva. Bate, e a dor é aguda, mas não basta para expulsar a imagem dos bebês daquela manhã. Depois, a memória lhe traz de volta a história do trem de crianças. História amplamente conhecida nos meios resistentes de seu país. Um outro trem, com crianças polonesas.

Há muitos anos os nazistas fazem batidas para capturar crianças na Polônia; eles as selecionam, levam embora, e ninguém sabe o que é feito delas. Certa manhãzinha de inverno de 1943, um trem parte de Lublin, com no mínimo duzentas crianças arrancadas das mães. Destino: Varsóvia. A notícia dessa partida se espalha pela região como um rastilho de pólvora. A cada estação, aglomera-se uma multidão silenciosa, à espera da passagem do trem. É preciso salvar aquelas crianças. Ou pelo menos alimentá-las, aquecê-las. As pessoas levaram pão, batatas, leite, cobertores. Mas o trem nunca para; no primeiro dia, não para em lugar nenhum, e, quando passa, o barulho metálico de trilhos e eixos, os chiados cobrem tudo. Um trem fantasma que brame e nada detém. Só uma vez, na noite seguinte, a máquina freia, se imobiliza. A multidão arremete para os vagões, força as portas, vasculha o amontoado infantil, apodera-se de alguns corpinhos, os que já estão mortos são devolvidos ao lugar, e, tateando, tenta-se encontrar outro, vivo, e então o corpo leve e morno, meio desmaiado, passa de mão em mão. Surpreendidos, os SS começam a atirar. A multidao foge, dispersa-se, levando consigo as crianças que conseguiu agarrar. Alguns correm sem se virar, outros param um pouco adiante. Ainda perto o suficiente para ouvir choros, gemidos e uma porta metálica ranger no vento. O estalido, quando um soldado a fecha. O silêncio retorna. O trem sai de novo, chiando, rumo a Varsóvia. Dizem que nenhuma dessas crianças sobreviveu, nem mesmo aquelas que os aldeões tiraram do comboio. Dizem que algumas crianças polonesas partem para a Alemanha, outras, para Auschwitz, é o que dizem, para qual fim? Em Auschwitz se sabe, mas do que acontece com as outras ninguém tem a menor ideia.

Renée

Na cuba da pia cai um pingo. A cuba é de porcelana, e a torneira está vazando. Renée se lembra do barulho dos pingos na bacia no dia em que chegou a Lamorlaye. É longe, longe, longe, inalcançável. Seus cabelos cresceram, cabelos de moça quase. Um pingo. Ela passa a mão nos cabelos. Encolhe-se. Náusea. Quanto menos se mexer, menos sofrerá. Um pingo.

Ronco de motor atrás do Heim. Ela estremece. Levanta-se. Arrisca alguns passos. Janela. Põe a mão sobre a pálpebra esquerda, por causa da luminosidade. Com seu olho de dragão, fixo e único, olha a caminhonete militar. Olha como algumas *Schwestern* tiram cestas de vime do veículo. Uma delas retira um bebê de uma cesta. De onde vêm todas essas crianças? De onde as tiram? Onde estão suas mães? Vêm da guerra e as mães talvez estejam mortas. Há também algumas maiores, dois ou três anos talvez. Quase todas estão chorando. Não só as *Schwestern* se atarefam perto do veículo, também as empregadas, as cozinheiras, que as levam para dentro do Heim.

Desde a manhã, Renée está num quarto novo e, no momento, sozinha. É um quarto normal, parecido com o que ela ocupava antes da fuga, com a mesma vista para o parque. Almoçou na sala de convívio com as outras, sem fome. Desde que tentou ir embora não tem mais fome. Na boca, o gosto metálico se intensificou. Ao sair do quarto isolado, Renée compreendeu que nunca mais fugiria, que sair do Heim significa morrer. Mas, se a guerra entrar, será preciso sair. E morrer. E ela só pode ficar aqui por causa da criança. O invasor está fora e dentro: ela está invadida de dentro.

Abre mais a janela, mas não basta. Respira com dificuldade. A criança ocupa o lugar de seus pulmões, e, por mais que ela respire, o ar não é suficiente, permanece na garganta e bem no alto do peito. Ela se deita de costas, sentindo-se asfixiada. Já não sobra espaço para o fôlego, e sua respiração é cada vez mais curta e rápida. E a náusea é porque o filho lhe empurra o estômago. Ela se vira de lado. Levanta-se, vai correndo para a pia. Vomita.

Helga

— Sim, coloque-as no *Kindergarten** por enquanto, *bitte.*

Helga está com as mãos tremendo. A pele debaixo dos olhos um pouco arroxeada. Nervosa, esgotada, sorrindo com um sorriso velho e desconcertado que teria ficado confinado aos lábios. As *Schwestern* pegam duas crianças por vez, uma em cada braço, e as carregam. O *Kindergarten*, porém, é destinado a crianças de mais de dois anos, mas não resta espaço nenhum na ala dos recém-nascidos. No saguão de entrada, ainda há uns vinte dentro de cestas.

Vinte e dois bebês a mais esta manhã. Os que chegaram em novembro, 15 de novembro precisamente, seu primeiro dia como Oberschwester, ainda nem sequer estão definitivamente alojados. Eram então trinta e oito, com três mães e cinco *Schwestern*, vindos dos *Heime* do Oeste. Durante quatro semanas tinham viajado num trem especialmente fretado. Quatro semanas. Uma travessia de toda a Alemanha. Dois partos. A Schwester Paula, que vinha junto, disse que não lhes faltou nada. Abundância de

---

* Jardim de infância.

mantimentos, comida variada, foi até preciso jogar fora alimentos frescos que não foram consumidos a tempo. Mas, várias vezes, o trem foi assaltado por civis famintos; o povo alemão está sofrendo. Os SS que as escoltavam precisaram rechaçar os ataques, atiravam para o alto, mas, apesar disso, feriram um velho que tentava forçar a passagem.

Mas essas vinte e duas aqui, de onde vêm? Ela leva as duas últimas pessoalmente até o *Kindergarten*, coloca cada uma num bercinho já ocupado por outra criança. Dirige-se para a sala do médico. Bate suavemente:

— *Herein*, entre.

— *Guten Morgen*, Doktor.

— Schwester Helga, diga.

— Doutor, as novas crianças... Nós temos documentações completas? As fichas são sumárias, datas de nascimento, doenças, altura, peso. Nomes alemães, mas não estou encontrando os nomes dos pais.

— Estão arquivados nos nossos estabelecimentos administrativos, Schwester Helga, não se preocupe. São órfãs, vão ser oferecidas para adoção.

— Doutor... — ela quer dizer alguma coisa, interrompe-se.

— Me mostre suas mãos.

Ela estende para o médico a mão direita, que começa a tremer mais ainda, é quase uma tremedeira. Ele observa atentamente o rosto dela:

— Está comendo bem?

— *Ja sicher*, Doktor, mas não tenho dormido muito. Além disso, café, tomo demais. Doktor, temos agora cinquenta e oito mulheres em nosso Heim, e as crianças eu preciso recontar, com as maiores temos quase cento e cinquenta.

— Com uma capacidade máxima de cinquenta a cem, sim, eu sei, Schwester, mas fomos obrigados a sair de vários *Heime*. Tomara que logo chegue a hora de voltar.

E acrescenta, mais baixo:

— As linhas alemãs estão recuando.

— O que vamos fazer, Herr Doktor?

Sua testa de mulher muito jovem se franze ligeiramente, um terror infantil passa sobre seu rosto como uma sombra.

— Nossa maternidade foi a primeira e, aconteça o que acontecer, vai ficar em pé. Aqui no centro da Baviera resistiremos, aguentaremos até o fim dos tempos, ninguém poderá nos desalojar, e é aqui que se reconstituirá nosso povo germânico. Essas crianças *besten Blutes* são preciosas, são nossos futuros Senhores da Guerra, são o futuro do nosso povo. Precisamos tratá-las como tais e acolher todas que pudermos. Peço que você pense na reorganização dos espaços, integrando o oitavo anexo. Estamos em 3 de dezembro, no fim do ano tudo precisará estar pronto.

— *Ja sicher*, Doktor.

O médico se debruça sobre uma documentação, e ela entende que a conversa terminou. Levanta-se. Espera de pé. Ele levanta o olhar.

— Schwester Helga?

— *Ja*, Doktor.

— Eu sei que temos a sorte de contar aqui com um café de verdade que já não se encontra em lugar nenhum e ajuda a trabalhar mais; no entanto, é preciso tomar menos. E comer mais.

— *Ja sicher*, Doktor.

Na sala das enfermeiras, ela troca o avental, que contém as marcas ensanguentadas de um parto feito de manhã cedo. Instala-se no escritório e começa a elaborar novos cronogramas de trabalho para as *Schwestern*, as de Hochland e as outras, vindas dos *Heime* agora fechados. Quando termina, apoia a cabeça no braço dobrado, por um instante. Adormece imediatamente.

Acorda sobressaltada depois de alguns minutos. Levanta-se como se saísse de um pesadelo.

O novo anexo é térreo, é o que fica mais próximo daquilo que agora se chama casa principal. Toda a estrutura já está montada, o teto também, mas, para terminar as paredes, quantos pregos ainda?

Ela penetra no cheiro de tábuas recém-esquadriadas, cheiro de serragem. Madeira clara por todo lado, pinho. O corredor central dá, à esquerda, para um primeiro salão. Este é destinado aos bebês. Três janelas deixam entrar uma bela luz que se reflete no piso novinho. Contra a parede, já uma dezena de camas de criança.

Ela recua dois passos quando vê o homem do campo de concentração, com roupa civil, lixando abaixo de uma das janelas. Um homem de rosto um pouco assimétrico. Olhar de grande intensidade, que em nenhum momento se ergue para ela, como se ela não existisse. Medo, talvez, mas ela não acredita; mais provavelmente raiva. Os prisioneiros aqui, porém, são bem tratados, o médico lhe disse. Ele não olha para ela e range os dentes, ligeiramente, parece ter dor ou um sonho ruim. Ela sai da sala. Em breve lá haverá trinta berços, bem alinhados, trinta bebês a mais.

À direita do corredor, os dormitórios das mães. Dois beliches por quarto. Menos aconchegantes, menos luxuosos do que na casa principal, mas também confortáveis. No depósito, que fica em outro anexo, empilham-se lençóis finos, grandes toalhas macias, nas quais se mergulha o rosto, roupa de qualidade, como a que se encontrava, antes, nos hotéis de luxo; em todo caso, é o que imagina Helga, que nunca dormiu nesse tipo de lugar. É tanta a roupa, que nunca se esgotaria, mesmo que todas as mães do mundo, fugindo da guerra, fossem se refugiar no Heim Hochland.

Marek

É tudo uma questão de movimentos. De flexibilidade, de economizar energia indo em frente. Ele lixa tábuas, o tempo todo, o ritmo certo o ajuda a aguentar, e o gesto no qual seu braço direito afunda carrega todo o corpo, num impulso que parece exterior a ele. Para cada um dos trabalhos é isso o que ele precisa encontrar bem depressa: a maneira de deslizar inteiro no movimento mais maleável, mais natural possível. Pois é também o menos cansativo. Aprendeu isso em Dachau. Aqueles grandes galpões de madeira que ele construiu com as próprias mãos lhe lembram irresistivelmente os do campo de concentração. A mesma estrutura do madeirame, a mesma altura, a mesma simetria, dimensões semelhantes. E então seu movimento dançado sai do ritmo, atravessa um pouco. *Schneller!*, grita um dos esbirros do Unterscharführer Sauter.

Por que todos esses galpões, oito agora? Quando chegou, temia que o mandassem construir um novo campo de concentração. Como assim, tão perto daquele casarão bonito e cheio de mulheres? E não judias, não, bem tratadas, bem vestidas, bem nutridas. Mulheres grávidas, crianças pequenas. Nada de arame farpado. Uma unidade SS de alguns homens, prisioneiros vestidos com roupas civis. Uma zona rural tranquila. Um vilarejo próximo demais, de qualquer modo. Desde o verão, vários galpões já foram ocupados por funcionários alemães, que, na maioria, chegam pela manhã e vão embora à noite. Outros estão cheios de roupa, mantimentos, materiais diversos. O último, onde ele está agora, será equipado com belas camas de madeira, e várias dezenas de colchões grossos já estão lá depositados, em nada parecidos com os enxergões de enchimento pulverizado e cheiro de morte que ele conheceu em Dachau.

Ele respira, movimento de novo amplo, regular. Não, em nenhum dos galpões nada se parece com aquelas terríveis camas sobrepostas de três andares. E nunca o fariam lixar com tanto esmero o piso dos galpões de um campo de concentração, nada seria envernizado. E não haveria flores nas janelas do casarão.

Do outro lado do aposento, seu companheiro Pierre também está lixando. Eles ouvem os SS discutindo ao longe. Marek murmura em francês:

— Vou embora daqui. Preciso encontrar Wanda e meu filho. Desde que tive aquela febre, penso nisso o tempo todo. Vou tentar. Você vem comigo?

Pierre para de lixar um momento, sem levantar os olhos, depois termina seu movimento.

— Os alemães estão batendo em retirada em todo lugar. Vão perder. Logo. Seria melhor você esperar. Pense primeiro em si mesmo, na sua pele.

— É o que estou fazendo há um ano. Pensando na minha pele. E em comer. Não quero mais viver assim. Quero salvar os meus ou morrer.

Renée

Ela não sai mais para o parque. O menos possível do quarto. Deita-se assim que pode, esperando que aquilo passe, mas não passa. Mal se alimenta. Não retém o que come. Respira com dificuldade. A criança come seu ar, seus ossos, seu sangue.

A comida se tornou fibra esfiapada, granulosa, desagregada; o que a faz vomitar tanto não é bem o gosto, mas sim a consistência. As frutas parecem cheias de nervuras, como carne ruim, e a carne, uma massa em que ela consegue distinguir cada filamento. Sua boca já não se esvazia totalmente do que ela põe dentro, os alimentos se recusam a descer, e os que ela consegue engolir sobem de volta, tal como volta a boiar o óleo à superfície da água impura. Eles começam a se decompor assim que ingeridos. Nem enxaguando abundantemente a boca, ela consegue se livrar das partículas viscosas e gordurosas que ficam entranhadas na língua e no fundo da garganta. Que se tornaram grudentos como papel pega-mosca.

Agora ela vomita cinco ou seis vezes por dia. A cada vez, a mesma dor em todo o corpo, que se contrai de alto a baixo. Seu rosto, cheio de vênulas eclodidas, agora vermelho, de um vermelho queimado. Estranhos, seus olhos injetados de sangue tornaram-se monstruosos. Ela vomita até a água que bebe, toda a água cheia de sucos e secreções, fragmentos de comida indigesta, incomestível, sobre a qual seu estômago se retrai, repugnado.

Partículas nos dentes, entre as bochechas e a mandíbula. Então é preciso enxaguar a boca sem parar, sem engolir nunca mais, e na boca a água lhe parece deliciosamente doce, depois de toda aquela acidez, todo aquele amargor imundo. Cospe a água fora. As papilas gustativas se estenderam até o interior do estômago, e são inumanos os gostos que ela rumina agora. Sua saliva se tornou acre e espessa, como muco, pus incolor que ela não para de cuspir, saliva que suas mucosas secretam como chaga purulenta, que vaza, vaza, e ela cospe e vomita de novo.

Vomita, cada dia um pouco mais depressa após a ingestão. Mais depressa é menos penoso, devolver a comida já digerida é mais doloroso. Em jejum, vomita bile.

Ela se tornou um estômago espasmódico e dolorido.

Duas vezes, a Schwester Helga foi vê-la, aconselhou-a a descansar e fechar as cortinas.

De madrugada, Renée sonha que tem fome, tanta fome, come dormindo, come sem parar, quando dorme é só esse o sonho.

Helga

DIÁRIO DA SCHWESTER HELGA

Heim Hochland, quarta-feira, 31 de janeiro de 1945

Ontem à noite, na sala de convívio, todas ouvimos o discurso do Führer no rádio, o doutor também estava lá. Retive a imagem de uma Europa gravemente enferma. Os países que estão sendo afetados por essa enfermidade passam por uma crise; os mais valentes se recuperarão, enquanto outros morrerão. Só os que estão em vias de se curar — e, portanto, sobreviverão — terão de superar o paroxismo da doença, que, no entanto, os enfraquecerá por algum tempo. E é justo que, para salvar nosso povo, não recuemos diante de nada. Nosso povo: sua resistência só vem crescendo há doze anos, e é essa resistência que nos garante a vitória final. Após o discurso, o doutor desligou o rádio e disse que nós também estamos combatendo essa doença, com nossas próprias armas, infundindo sangue novo no corpo de nossa Alemanha eterna.

Para reler nos momentos de dúvida! Sim, aqui nos dedicamos a um trabalho de cura e salvação.

A neve que caiu na noite passada ainda persiste.

É a primeira vez que escreve desde muito tempo. O ligeiro tremor de seus dedos a obriga a apertar mais a caneta, para que não lhe escape. Ela folheia o diário. Desde novembro, quase nada mais, números principalmente. Datas seguidas pelo número de crianças e mulheres chegadas tal ou tal dia. Pontos de exclamação. Às vezes o cálculo do número total de bebês recolhidos. Ultimamente, o número de horas que ela conseguiu dormir. *3 de janeiro, 2 horas. 11 de janeiro, 3 horas e meia. 29 de janeiro, não dormi, as mãos param, mas a cabeça continua! O doutor disse leite com mel. Você é forte, Schwester Helga, quando estiver cansada de verdade, vai voltar a dormir.*

Helga, ofuscada, arregala os olhos. Como uma poeira branca vaporizada na luz. O vento ergue nuvens de neve, desprendendo-as do teto do Heim, das árvores. Rajadas saturadas de flocos brilham ao sol, depois voltam a cair.

Ouve seus passos rangendo, quase estalando, sente o frescor da neve irradiar-se, respira a pureza daquele branco onipresente. Vê duas empregadas, de pernas nuas, mangas curtas e avental. Carregam baldes, riem. Não têm frio, ou quase nada, logo voltarão ao calor dos fogões e da lavanderia. Mais risada, algumas palavras indistintas. Estão voltando.

Um pouco de neve no sapato molha suas meias.

Para se dirigir ao anexo, ela passa pela estátua da Mãe amamentando o filho, que tem neve em todas as pregas, na reentrância dos braços, nas dobras dos cotovelos, sobre os joelhos e os ombros. A criança, que ela aperta contra o peito, está encolhida debaixo de um cobertor polvilhado.

Essa estátua ela também via no Heim Friesland, a mesma em todos os lares do Lebensborn. Pensa em Nossa Senhora com o Menino Jesus. Ensaia um sinal da cruz. Interrompe.

Todo dia depois do almoço, ela vai ao anexo, agora cheio de crianças, em duas faixas etárias, numa tentativa de reproduzir a organização da casa principal. Lá se encontram cinquenta e quatro lactentes e vinte e nove criancinhas. Os quartos inicialmente destinados a mães estão ocupados por *Schwestern* recém-chegadas; tal como as crianças, elas se encaminham para o Heim Hochland à medida que os outros lares fecham. São treze no momento, pois várias foram morar com as respectivas famílias.

O cheiro de madeira continua perceptível sob o cheiro intenso da tinta a óleo. É hora da refeição. No fundo da sala, berços alinhados, e duas *Schwestern* acabando de dar mamadeira aos menores. Antes das camas, uma mesa para a troca de fraldas, de dois metros por quatro, e duas fileiras de dez bebês, chorando em uníssono, minúsculos e vermelhos de raiva, gesticulando, assustados por não reconhecerem nada nem ninguém e por estarem longe dos braços da mãe. A Schwester Gudrun limpa um após outro, a Schwester Inge pulveriza talco, a Schwester Anna põe as fraldas. Helga pega um já trocado, pequenininho, que treme de tanto chorar, e depois de alguns minutos o põe no berço; o berreiro continua. A Schwester Inge lhe diz:

— Esse aí chegou ainda ontem — sem parar de manejar o algodão e os membros pequeninos.

Dá a entender que, esgotado pela viagem, pelo ambiente novo, por rostos e cheiros desconhecidos, ele não está perto de parar de chorar.

Helga suspira:

— São tantos. Nós temos tão poucos braços.

Enfileirados em cadeirões, os maiores de seis meses são alimentados com colher, um depois do outro, por três *Schwestern*. Uma delas, *Braune* de Düsseldorf com cerca de cinquenta anos, aperta com impaciência o nariz de um pequerrucho para forçá-lo a engolir sua papa:

— *Na komm doch, kleiner. Ess mal!* Vamos, neném. Coma!

A Schwester Helga se aproxima, pega calmamente a colher, e a criança se deixa alimentar por ela, mesmo cuspindo metade de volta:

— É proibido tratar com brutalidade as crianças de nossos lares. No ano passado, uma Schwester que bateu no rosto de uma criança foi demitida.

A outra olha para ela, humilhada. De maneira geral, as *Schwestern* mais velhas não aceitam bem que sua Oberschwester seja tão jovem.

— Ainda falta dar comida a várias dezenas de crianças depois dele, precisamos ganhar tempo. E estas nem são crianças alemãs.

Helga eleva o tom. Seus olhos de contornos arroxeados a envelhecem.

— Não são crianças alemãs. E o que são, então?

— São crianças polonesas de categorias I e II. O doutor Ebner não lhe disse nada?

Helga, perplexa:

— Órfãos poloneses? Se são germanizáveis, logo serão alemães.

— Órfãos? — Ela ri, desdenhosa. — Este aqui é um daqueles que eu mesma selecionei na praça principal de Lemberg. Tenho o direito de dar comida a ele como quiser.

E passa para o bebê seguinte, sem limpar a boca da criança de Lemberg.

Helga pega um guardanapo e a limpa. Vai encher uma tigela de papa, depois volta para alimentá-lo. O menino balbucia, movimentando os braços, e vira o rosto. Ela acaricia a cabecinha.

Voltando para o prédio principal, detém-se diante da estátua da Mãe amamentando. Baixa a cabeça e faz um sinal da cruz.

Marek

Ao acordar, o pão deixado de lado na véspera estava congelado. De algumas noites para cá, ele gela no dormitório, que está com uma das janelas quebradas. Marek não pôde deixar de, pela manhã, lamber a crosta petrificada. Nem gosto nem cheiro, só frio e peso. Tentando roê-lo, sentiu o esmalte dos dentes se fissurar. Pôs o pão no bolso da calça. Sente-o como uma pedra gelada, pesando contra a coxa.

Está envernizando um berço de madeira clara. O ar que ele expira se condensa, fumega na luz do projetor apontado para o móvel. Atrás do horizonte, o sol se levanta. Como esse berço é estreito, e os bebês que estavam nas cestas eram tão minúsculos... O bebê de Wanda será também pequeno? Ele pensa na criança e só vê Wanda, silhueta evanescente. E o berço. Suas mãos já não conseguem segurar o pincel. Lá fora, o dia ilumina a paisagem nevada. Marek se levanta, olha pela janela, o tempo de esfregar as mãos, que doem terrivelmente; ele as abre, fecha, abre, fecha. Enfia as mãos debaixo da camisa, no sovaco. Olha o mundo clarear. Volta a ficar quase confiante. Wanda é bonita demais para que o céu a abandone. Pede a Deus que o deixe assumir a dor da bem-amada, além da sua própria, e que a salve. Logo afasta as mãos do paletó e da pele. Agora não deve parar de sentir dor, seria ruim para os seus. Senhor, seus dedos vão cair. Com o punho, ele desliga o projetor. Com os dedos que não lhe obedecem, retoma o pincel. Tudo é dor. Tudo é branco e luz.

O pão no bolso irradia de frio a pele umedecida de sua coxa, e é uma dor leve e agradável, a dor de uma promessa. Sua capacidade de deixá-lo de lado prova que, desde que decidiu fugir, ele voltou a ser homem. O pão amolece gradualmente, enquanto ele trabalha, e Marek se pergunta quanto tempo pode demorar para o pão se descongelar assim, em contato com a pele humana. Quanto tempo o frio gélido possibilitará conservar esse pão.

A este, ele vai unir outros fragmentos de pão preto que estão num saco de pano escondido no galpão, onde são guardadas as ferramentas de trabalho.

Março, já. Ele irá embora na primavera, em breve. O inverno não é propício a fugas, ele aproveita as semanas que lhe restam para preparar a partida. Sua ideia é encontrar um lugar para se esconder dentro da propriedade mesmo, durante alguns dias. Depois, fugir ao cair da noite e andar, andar, chegar a Munique. Discutiu isso várias vezes com Pierre, que não o acompanhará. Diz que agora é só esperar. E rezar.

Em Munique, poderá se esconder facilmente nas ruínas. E ele as conhece. Com o Kommando, trabalhou lá durante todo o verão passado, depois que a cidade foi maciçamente bombardeada. Quase todos os prédios administrativos do Lebensborn tinham sido destruídos ou avariados demais para receber os funcionários da SS. Estes trabalharam não só para retirar os escombros dos prédios, mas principalmente para transferir os arquivos que ainda estavam lá. Transportaram-nos para o primeiro anexo, na época o único. Munique está em ruínas. Os bombardeios lhe abriram a goela, evisceraram suas casas, nenhuma rua parece ter sido poupada. As crianças brincam sobre montes de entulhos. Numerosas casas estão inutilizadas, destruídas, desocupadas. A maioria dos habitantes da cidade agora vive nos porões, seus ou dos outros. Com suas roupas civis em mau estado, Marek parece um alemão pobre. E os alemães que ficaram em Munique são quase todos pobres. Nos campos, em compensação, ele será muito mais visível. Os quarenta quilômetros que separam o Heim da cidade são o verdadeiro perigo.

Estando em Munique, vai encontrar um jeito de voltar à Polônia. A fronteira tcheca está a apenas duzentos quilômetros.

Que quantidade de pão poderá levar no caminho? Ele mergulha a mão direita no bolso. Arranha a superfície da crosta, que se tornou mole e viscosa, quase pastosa, um pouco dela foi para debaixo de suas unhas, ele as leva à boca para lamber, roer. Por um instante, já não sente a dor nos dedos. Marck pensa: *Nao quero mais ser um animal.* Imediatamente depois se pergunta em que momento poderá tocar de novo o pão amolecido, sua maciez, e, pensando no pão, murmura Wanda, Wanda.

Troca o pincel de mão, a esquerda é mais lenta, porém menos dolorida. Não recomeça de imediato. Olha para fora, o céu, a neve, sua respiração. Os matizes, as consistências do branco. Seu fôlego se funde com o ar exterior, sua pele fumega. Ele se evapora, o universo o sorve. Ele já está se dissipando, pela pele e pelos pulmões. Já está desaparecendo e misturando-se à natureza, que saberá acolhê-lo.

Faz várias semanas que procura o lugar da propriedade onde se esconderá antes de ir para Munique; alguns dias, sete ou oito se puder, o tempo em que os alemães desistem das buscas. Cada recanto se torna um possível refúgio. Também pensa na possibilidade de se esconder debaixo da terra do parque, disfarçando a entrada do buraco com ramos e folhas mortas. A terra o protegerá dos olhares e do frio. Mas será preciso esperar que ela degele e que desapareça a neve que possibilitaria seguir seu rastro.

Ele ouve latidos. Detém o gesto. Cães. E vozes de SS. Os cães, que ele não viu no inverno, estão de volta, então? Em Dachau estavam em todo lugar. Aqui, tinham desaparecido no fim do verão. Ele tinha deixado de pensar neles.

Com os cães, ele não vai poder se esconder na propriedade.

Vai ser preciso planejar tudo de novo.

Com uma careta, tira o pão do bolso. Suga-o como um sedento chupa um cubo de gelo.

Renée

Deitada de costas, olhar brumoso, íris quase cinzenta na penumbra de fim de inverno. Um edredom puxado para cima da barriga. Está tão magra que os ossos lhe afloram à superfície. Tornou-se uma concavidade cheia de barriga. Uma terra que vai secando à medida que um arbusto brota, e ela vai morrendo à medida que seu filho nasce sob a pele. Uma urna funerária na qual se banham flores vivas, com raízes terrificantes. Seu estômago encolheu tanto que ela só come de colherinha. Às vezes retém um pouco de água, um pouco de geleia. Às vezes, esvazia-se pela boca de tudo o que há de líquido e mole em seu corpo.

Precisa se levantar para ir à sala de convívio, mas lá os cheiros da cozinha lhe viram o estômago. Ela distingue tendões e gordura nas hortaliças. Cartilagem nas frutas. Um cadáver se desfiando na carne. Em sua boca, tudo se transforma em carne humana e carcaça, tudo se torna vísceras a céu aberto. Da sala de convívio, onde se esforça por ficar o tempo necessário, fazendo de conta que está comendo, ela se arrasta para vomitar no sanitário. A Schwester Helga a dispensou dos trabalhos. Passou para vê-la no dia anterior, com ar preocupado. Sussurra que ela precisa se alimentar aos pouquinhos, água e açúcar para começar, e mexer-se o mínimo possível. Diz, hesitante, que talvez peça ao médico que venha examiná-la, mas ele nunca veio. Talvez ela não tenha pedido nada. Renée sabe que, se a vir nesse estado, aquele médico vai mandá-la para fora do Heim. Talvez a Schwester Helga tente ajudá-la. Faz uma careta. Puta de boche como as outras. Que a abandona enquanto morre. Ninguém a salvará. Está sozinha sozinha sozinha.

Ela se levanta todos os dias, e seu corpo cambaleia, treliça fina demais, colonizada por uma trepadeira que está se tornando excessivamente pesada. Ossos como gravetos ocos e nus, abafados por uma erva estranha, e seus passos são curtinhos, e seus olhos carecem de luz.

Ela se levanta, mas já não fala. Renée já não fala alemão. Quando lhe fazem uma pergunta, ela responde em francês. Ou não responde.

Mal e mal vira a cabeça quando entram duas empregadas, com um colchão. Elas o introduzem ao lado, a duras penas, pois é pesado. Deixam-no tombar entre as duas camas. Barulho abafado, na madeira oca. Uma jovem Schwester supervisiona. Frau Heide, que ocupa a outra cama, reclama:

— Um colchão no chão! Estamos sendo tratadas *wie Juden*, como judeus! Aqui não é Dachau.

É o que Renée acredita entender. Frau Heide chegou há cerca de um mês, com gravidez avançada. Usa aliança. As duas nunca conversam. Alguns dias depois de se instalar, a alemã pediu para mudar de quarto na presença de Renée. Que então deu uma risadinha silenciosa, parecia um soluço.

A Schwester respondeu que não se mudava mais nenhuma interna de quarto havia meses.

As empregadas voltam com roupa de cama, lindos lençóis brancos, macios e um pouco encorpados, recém-passados, nos quais esfregam as mãos, para alisar, para que tudo fique perfeito. Como cheiro de lavanda em pleno inverno, e Renée vira a cabeça, esse perfume lhe revira o estômago, forte demais. Lavanda misturada a um cheiro de podridão, lavanda brotando sobre carne estragada. Ela se levanta, titubeia, a boca está cheia de água, de saliva, de amargor, cada vez mais água, e sai andando pelo corredor, bate um ombro contraído na parede, vai com a mão sobre os lábios para reter os líquidos na cavidade mucosa, conter seus órgãos nos devidos lugares, impedir que suas entranhas saiam por aquele orifício que vaza e escorre, pelo qual ela se esvazia da vida.

Helga

DIÁRIO DA SCHWESTER HELGA

Heim Hochland, 15 de março de 1945

Fechamento do Heim Wienerwald na Áustria. Esta manhã chegaram quarenta e nove mães, oitenta e três crianças e cinco Schwestern, *por comboio de caminhões militares.*

Agora somos quarenta e cinco Schwestern. *No outono, éramos vinte e duas.*

Heim Hochland, 3 de abril de 1945

Às 6 horas da manhã, chegada ao pátio de um caminhão LKW militar. Na carroceria do peso-pesado, vários moisés de vime: os bebês do Heim Franken, já os esperávamos. Ficou perigoso demais transportá-los de trem, os duzentos e dezesseis quilômetros foram feitos por estradas secundárias. Aviões inimigos demais, bombardeios demais. A viagem pela estrada de madrugada era mais segura. Anunciaram vinte e dois, são trinta e sete (!), o mais velho tem treze meses.

192

Helga ouve a porta se abrir às suas costas. Por reflexo, faz o gesto de fechar o caderno, depois muda de ideia. Schwester Adelheid. Que se aproxima. Retardada pelo colchão no chão, que é preciso contornar. Convencida de que sua Oberschwester sabe mais do que quer revelar. Helga começa a brincar com um lápis. Ele treme entre seus dedos. Sua mão vibra como quando se tem febre, como nos dias em que ela se esquece de comer porque está correndo demais. Ouve, de longe, a voz de Adelheid, inclinada acima de seu ombro:

— Não consigo mais trabalhar nessas condições. Não consigo, não consigo mais. Hoje precisei separar duas internas que estavam brigando porque uma delas, que não tinha recebido colchão, dormiu na cama da outra. O que diz o doutor?

Para mostrar que não tem nada que esconder, Helga continua sem fechar o diário, embora saiba que a colega de quarto está lendo por cima de seu ombro. Prefere isso a ter de repreendê-la por remexer em sua gaveta.

— O doutor não me diz nada. Eu até gostaria que ele me falasse um pouco mais.

— O que o Führer está fazendo? E suas armas secretas, quando afinal vai usá-las? O doutor Ebner deve saber.

— Ele nunca me falou sobre isso, já disse.

Está com as mãos pousadas na mesa; não tremem.

A outra insiste:

— Parece que ele esconde uma parte aqui mesmo na Baviera, é a informação que anda circulando. Não muito perto do nosso Heim, espero. Todo dia, quando me levanto, digo que talvez seja hoje.

— Sim, sim, talvez. — Ela se levanta. — Vou ver Frau Beate. É para esta noite.

Apenas quinze minutos depois, Helga volta. Adelheid pergunta:

— E Frau Beate?

— Só quatro de dilatação. Vai ser para amanhã de manhã. A Schwester Ursula está com ela. É melhor eu dormir algumas horas.

E se deita de costas. Sob o travesseiro, sente o caderno. Seu coração bate rápido e forte, como sempre quando ela quer descansar. Não vai dormir, não esta noite, ainda. Vive correndo, atendendo, passa os dias e as noites em mil atividades, não pensando em nada. No entanto, assim que se deita, os pensamentos e as palavras se atropelam, voltam de maneira incontrolável.

Desde o incidente, passa o menor tempo possível no anexo, onde estão as crianças polonesas. E não são órfãs, aquela velha imbecil de Düsseldorf evidentemente tem razão. Suas palavras hostis voltam sem parar à sua memória. O rosto da velha vai se deformando à medida que Helga naufraga num meio sono.

Depois Helga emerge de chofre, e é como se não fosse nunca mais dormir. Pensa no médico, ele diz com frequência que as mães de boa raça relutam em abandonar os filhos. Por isso, nunca devem ser coagidas, e sim buscar soluções para que possam ficar com eles, assim que deixam o Heim ou depois, ao cabo de alguns meses, um ano... Mas, como os pedidos de adoção são numerosos, é preciso encontrar em outro lugar essas crianças adotáveis. Ou pegá-las em outro lugar. Roubá-las. Por que ela demorou tanto a entender?

Renée

O primeiro choro da criança, leve. Mas a dor ainda não retrocedeu, tão forte que Renée continua imersa nela, separada do restante do mundo, vibrando por inteiro de dor. "*Dein Kind*", ouve, a voz da Schwester Helga está ligeiramente comovida, mas distante. "*Ein Bub.*" Seu filho, um menino. 15h31, dia 9 de abril. Um cheiro de sangue e líquido amniótico encobre o da transpiração e o do álcool desinfetante. O cheiro do mundo de antes, aquele em que tudo flutua, tudo é tépido, tudo é completo, mistura-se ao do sofrimento e da ferida, já.

A Schwester Helga enfaixa o bebê e o coloca numa mesa, fala baixinho, Renée entende a palavra *Arbeit*, trabalho. E a vê atarefada junto à sua cabeceira, sem se preocupar. Agora que a dor se retirou, ela tem a impressão de não sentir mais nada, tudo é roçar, arranhar. Com a cabeça virada, só tem olhos para o pacotinho de pano branco ali posto, imóvel, mal distingue o minúsculo rosto avermelhado. "*Also, ganz fertig!*",* diz Helga com ar alegre, voltando-se. Ela então

---

* Veja, está prontinho.

pega o bebê, e Renée a vê afastar-se em direção à porta, com ele.

— Posso? — diz Renée, em francês, e estende o braço, estende a mão para impedi-la de sair, ergue-se na cama, quer se levantar.

Helga, toda sorriso, retorna, *nein nein nein*, fazendo-lhe sinal de que deve ficar deitada, antes de lhe apresentar seu recém-nascido. Renée volta as mãos para ele. Helga então o pousa nos braços dela, *vorsichtig*, com cuidado.

Renée segura o pequeno contra o corpo, abre o pano branco, limpo e engomado, abre-o sobre manchas de sangue e sobre o filho, úmido, de pele vermelha e enrugada, pelugem clara grudada na cabeça. Ele mexe as mãos engelhadas, os dedinhos. Seus olhos arregalados se erguem num olhar obscuro para a mãe, que sorri. "*So perfekt*", diz a Schwester Helga, tão perfeito, como se na perfeição pudesse haver gradações e intensidades diferentes. Renée tem uma lágrima, uma única no olho esquerdo, que se funde com seu suor. Segura o pequeno num braço, com o outro o acaricia; a pele dela é branca como pó de arroz em contraste com a do bebê, avermelhada e cremosa. Então, a Schwester Helga detém seu gesto, retira sua mão, expressão descontente com aquela carícia. Fecha cuidadosamente o pano branco sobre o corpinho, dobra-o bem por baixo. Renée distingue a palavra "*schlafen*", dormir, e a palavra "*Morgen*", amanhã. Parece calcular, de repente, "*Morgen um 5*". Amanhã às 5 da manhã. E também a palavra "*Stillen*". Renée vê que, lá fora, a luz é da metade do dia apenas, uma luz que se reflete em todo o branco do aposento, deslumbrante, e entende que vai ter de esperar a tarde, a noite, a madrugada inteira, antes de rever o filho no dia seguinte de manhã. A Schwester Helga pega delicadamente o bebê e o leva, sorrindo, "*Zum Bad, du*". Para o banho, você.

Logo aparece na porta outra enfermeira, que Renée não conhece. Num carrinho, roupas, lençóis, perfeitamente dobrados, de um branco fervido, e uma grande bacia de água limpa.

5 Uhr. Uma Schwester leva Renée à *Säuglingensaal*, o berçário. Há mães por toda parte, cada uma pegando seu bebê. Renée dormiu, mas pouco, por ter passado o tempo chorando. De madrugada, acordou preocupada e sozinha num quarto da maternidade. Dores e movimentos fantasmas, como se o filho ainda se mexesse dentro dela, mas ele estava longe. Ela teve a lembrança da náusea. Bebeu água, muita água, reteve-a toda. Um odre cheio de água. Triste de morrer.

Lá fora, escuridão, nem sombra da aurora ainda. À luz de uma lamparina, o filho está dormindo, enrolado num pano impecável, boquinha entreaberta. As pálpebras fechadas estão tingidas de amarelo, por causa do colírio de nitrato de prata. Tem o rostinho arranhado. A Schwester diz, recorrendo a muita gesticulação, que ele conseguiu se livrar do pano durante a noite e que, quando têm fome ou choram muito, os recém-nascidos se arranham o rosto. Antes que Renée possa fazer qualquer movimento, a enfermeira pega o bebê e a guia até o aposento contíguo, onde há cadeiras ao longo de duas paredes; a terceira parede é dedicada à mesa de troca de fraldas. Lá já se encontra uma fileira de mães com seus nenéns junto ao seio, algumas tentando acordá-los, outras, por sua vez, quase dormindo.

A enfermeira só põe a criança no seu colo depois que ela se senta.

O pequeno passa a Renée uma impressão de fragilidade dolorosa. Dói-lhe ver essa fragilidade do tamanho de um punho apertada contra seu corpo. Ela abre o pano que contém seu filho; ele está usando um casaquinho e um calção de crochê que ela mesma fez. Imediatamente, ele abre os braços e os dedos.

Mãozinhas enrugadas, boca aberta, beicinho de fome. Adejos de dedos abertos, olhos de pálpebras ainda meio grudadas que se abrem às vezes e parecem ver sombras, antes de voltarem a se fechar.

O barulho de uma cadeira arrastada no chão o sobressalta.

Mas a Schwester volta, diz "*Nein nein*", depois faz a Renée uma pergunta que ela não entende e, sem esperar uma resposta que nunca virá, posiciona o bebê contra o seio pouco volumoso. Fica alguns instantes observando se o recém-nascido pega bem o peito: "*Zwanzig Minuten*", diz mostrando o relógio acima da porta. "*Mehr nicht*", e da sequência Renée entende que, depois de vinte minutos, a criança deixa de mamar, só brinca, e que vinte minutos é o máximo, que é preciso ter quinze em vista. Renée olha a mão minúscula e enrugada sobre seu peito. O bebê está mamando, ela percebe pelo movimento do queixo e da garganta. Ela acaricia a pelugem da cabecinha. Sorri. Chora.

Helga

Um barulho ao longe. Bombardeios. Sua mão se crispa por um instante. Relaxa. Assim que relaxa, volta o tremor. No corredor, contra a parede, alinham-se caixotes e caixotes de arquivos.

De manhã, o doutor Ebner lhe pediu que ajudasse a Schwester Gunda a juntar no corredor todas as pastas guardadas em seu antigo escritório, documentos administrativos, médicos ou relativos ao registro civil, confidenciais ou não. No Heim, há um número imenso de documentos que regem com minúcias a vida diária — provisão de mantimentos, contratação de pessoal e até a conta, em gramas, do café consumido em cada Heim —, toda a correspondência vinda de todos os lugares — cartas de felicitações, agradecimentos, novas contratações, demissões — para um quotidiano regrado com perfeição, um quotidiano do qual não resta nada de repente, perfeição dissipada inteiramente, pois aqui tudo agora virou desordem e pânico.

— Para onde vamos levar nossos arquivos? — pergunta ela.

O médico não responde. Enquanto a Schwester Gunda cuida de um monte de pastas A-Z, ela mesma faz uma triagem nas prateleiras, organiza os documentos em caixas. Tenta manter alguma ordem, etiquetando com capricho, para poder reorganizar tudo aquilo ao máximo e o mais depressa possível quando chegar a hora.

— Inútil — diz o médico quando a vê fazer isso.

— Quando virão buscar os caixotes?

Nenhuma resposta. Ela pensa no mês de julho passado, quando foi preciso transportar todos os arquivos de Munique para Steinhöring. Munique! Munique depois dos bombardeios mal se aguentava em pé. Na época, tudo estava perfeitamente organizado, e o conjunto dos arquivos salvos foi transferido para o primeiríssimo anexo erguido. Estes caixotes então ficarão com aqueles? Ou o conteúdo dos anexos irá para outro lugar também? A visão daquelas caixas empilhadas, sem etiquetas, sem menção de nada, nas quais não se pode ter esperança de encontrar o que quer que seja, aperta-lhe o coração. E esses novos bombardeios, noite e dia, em Munique ainda... mas o que falta destruir lá?

Helga se cala e arruma. O médico também esvazia sua sala. Na hora do almoço, juntaram umas cinquenta caixas no corredor. O médico então se aproxima dela:

— Conservei a carta em que nosso Reichsführer se lembra de você. Poderá reler quando tiver dúvidas. E agora vá descansar um pouco, Schwester Helga, é preciso.

Ele balança a cabeça, preocupado; em seus olhos aumentados pelas lentes dos óculos transparece certa vulnerabilidade, quase fragilidade, mas a sombra passa depressa, ele continua ereto, sempre ocupado, quase alegre. Um crente que não perdeu nada da fé.

— Schwester Helga, nunca se esqueça. *Wir haben eine weisse Weste.* Nós usamos um colete branco.*

— *Jawohl*, Herr Doktor.

Ele lhe entrega o envelope datilografado e volta para as alas da maternidade, está na hora da ronda. Ela põe a carta no bolso do avental.

Franze as sobrancelhas, faz um bico com os lábios. Olha com dó os caixotes empilhados contra as paredes. Num deles, distingue grossas pastas de cor areia, as que o médico mantinha no segredo de seu cofre, as únicas às quais ela nunca teve acesso. Jogadas de cambulhada num caixote em que nada está classificado, não irão para lugar nenhum, ela sabe por instinto. Hesita. Aproxima-se. Volta inutilmente para a sala escancarada, onde só restam alguns cotões de poeira que, abrigados atrás de tanto papel, haviam escapado ao espanador. Sai. Olha para a esquerda e para a direita, ninguém. Pega as três pastas. Apressa-se para a majestosa escadaria, segurando-as contra o corpo, como que para fazê-las desaparecer. Ao longe, novo barulho de detonação. Ela aperta mais.

No quarto, a Schwester Adelheid está jogada na cama, com o rosto fino ao mesmo tempo angustiado e excitado. Cabelos despenteados, uniforme amassado, avental da véspera. Ao lado dela, a Schwester Karla deita-se, morrendo de rir, segurando pelo gargalo uma garrafa de *schnaps*. Cheiro forte de álcool, de hálitos pesados. E até de fumaça

---

* Fig.: Temos a consciência limpa.

de cigarro, Helga pode jurar. Ela abre a janela, sempre segurando as pastas:

— Adelheid, você está de plantão hoje à noite.

Com a mão na boca, Karla continua rindo, e Adelheid puxa seu braço.

— Venha, vamos dar uma volta.

Karla coloca a garrafa no bolso do avental, levanta-se. Roupa visivelmente deformada pelo peso do frasco. As duas saem.

Atrás da porta, Helga ouve as risadas ainda mais fortes. Extinguem-se. Cedem lugar, de novo, a gritos e choros. Os choros a deixam doente, estão por toda parte agora, vêm de todos os lados de um Heim transformado em inferno, repercutem nas paredes, ecoam, provocam-se mutuamente, ela não os suporta mais. Assim como não suporta Adelheid. Respira profundamente e senta-se na beirada de sua cama. No envelope que o médico lhe deu, há uma única folha de uma carta datilografada que devia ter várias outras. A segunda metade do segundo parágrafo menciona a "encantadora Schwester de Grasberg", que lhe causou muito boa impressão e "parece ser uma secretária médica muito competente". Se o doutor considerar aconselhável, ela "certamente estaria apta a substituir Margot Hölzer" sobre quem ele recebeu outra queixa de Frau, esposa de, que ele anexa à presente carta. "Conto com você para resolver esse problema, *mein Freund*," meu amigo. "O Heim Hochland, afinal, é o lar modelo de nosso projeto Lebensborn." A assinatura estava na folha seguinte. Helga pega o diário na gaveta da escrivaninha, insere a carta e escreve.

Heim Hochland, 29 de abril de 1945

Barulhos de bombardeios, dia e noite. Munique. Muito difíceis para todos.

As alemãs têm medo de ficar e medo de partir. Todas as outras têm medo e ficam.

Partida da Schwester Ursula, que voltou a Aachen, anteontem.

Classificação e transferência para o corredor de todos os arquivos da sala do doutor Ebner.

Devolve o diário a seu lugar. Faz menção de abrir a primeira pasta, muda de ideia, larga. Deita-se. Fecha os olhos. Abre-os. Bobagem tentar ou mesmo pensar em dormir. Só dorme com intermitências, adormece como quem cai, acorda como quem salta. E, em 29 de abril, nem sequer começou a montar o quadro de tarefas do mês de maio. Seu coração bate como se ela acabasse de correr. Lá fora, um novo barulho de explosão, que parece mais próxima.

Ela se levanta. Hesita. Acaba por esconder as pastas no armário, debaixo de sua roupa. Dá uns tapinhas no vestido, alisa o avental. Na frente do espelho, endireita bem a touca. Rosto acabado, pele fina em torno dos olhos e nas têmporas fenecidas e escurecidas pelo cansaço. Quadro de tarefas do mês de maio, fazer agora.

No corredor, é abordada por uma interna em pânico:

— Oberschwester, esses bombardeios, isso não para mais. Será que não era melhor a gente se instalar nos porões com os bebês?

— Não fique com medo, Frau Antonia. Desde o início da guerra, Steinhöring nunca foi bombardeada.

No corredor dos escritórios, todos os caixotes desapareceram. São 13 horas.

Por volta das 16 horas, quando está examinando uma jovem puérpera, cujas suturas precisam ser refeitas, ela sente o cheiro. Cheiro de incêndio, que encobre o do desinfetante. Coloca uma nova compressa de algodão, arruma a camisola, o lençol, não dá ouvidos à mulher que está preocupada e faz perguntas. Sai. Começa a correr, sem saber por quê, para descobrir em que lugar o Heim está ardendo. É lá fora, atrás, não longe do lago. Uma fogueira. São quatro mulheres alimentando o fogo, jogando nele caixas de papelão com documentos dos quais brotam chamas tão altas que ela recua vários passos. Não reconhece ninguém. Escriturárias dos serviços administrativos da Agência L., que trabalham nos anexos. Tem pouco contato com elas. A maioria vai para casa à noite, algumas ocupam uma unidade de alojamento. Vão e vêm com carrinhos cheios de pastas, caixas, papéis. Um jovem SS vigia. Ela vê então, ao lado, suas próprias caixas de papelão, aproxima-se e distingue sua caligrafia pequena e meticulosa, discernindo seu conteúdo. Pega-as e as afasta do fogo, a primeira, depois a segunda, com grande dificuldade, por causa do peso. Uma mulher se aproxima dela; é gorda e tem cara de malvada:

— O que está fazendo? — e pega de volta a primeira caixa.

— Onde está o doutor Ebner? — pergunta Helga.

A outra dá de ombros. Põe a caixa no meio do fogo.

Renée

Renée olha Arne, deitado sobre sua mão esquerda, relaxar instantaneamente na água. Para de chorar. Com trinta e sete graus de temperatura, a água lhes traz lembranças, diz a Schwester Helga, que a ajudou a dar o primeiro banho. Agora são 15 horas, e Arne é o único a tomar banho, numa das seis pequenas banheiras esmaltadas ao longo da parede do *Säuglingensaal*. Ela lhe diz:

— Daqui a pouco vamos passear, você e eu.

Algumas semanas atrás, a rotina era perfeitamente respeitada; agora, só as horas das refeições e, mesmo assim, nem sempre. Renée tem ficado com Arne dia e noite, pois o berçário está lotado, e não há mais berços. O pequeno dorme numa caminha com grades, ao lado do bebê da outra mãe que divide o mesmo quarto, mas na realidade dorme principalmente com Renée. Ela pode amamentá-lo, trocar suas fraldas, dar-lhe banho a qualquer hora, ninguém se preocupa. Atrás de Renée e de seu filho, vários recém-nascidos estão chorando, e não há uma única Schwester lá para cuidar deles nem para expulsá-la. Na sala, todos os berços estão ocupados. Alguns bebês foram postos sobre um grande cobertor estendido. Renée tem pena deles. Depois pensa: são inimigos, merecem. Às vezes, mesmo assim, seu rostinho fechado se abre de novo, como uma mão crispada que relaxa, e se volta para Arne. No mundo não há mais nada além dela e dele. Ele é o único ser a quem ela ainda dirige a palavra. A raiva que, antes do nascimento, sentia dele, do invasor, como o chamava no íntimo, desvaneceu--se a partir do momento em que o segurou nos braços.

— Venha — diz ao menino, depois de vesti-lo —, vamos olhar as fogueiras.

Desde ontem, há várias na propriedade. Primeiro, perto do lago, a maior, alimentada pelos SS e pelas desconhecidas que nela atiram caixotes. Agora, em outros lugares do parque, fogueiras novas; perto dos galpões, pelo menos três. O cheiro de queimado está por toda parte. Da sala de convívio, onde as mesas já estão postas para o desjejum do dia seguinte, é possível vê-las muito bem, principalmente a primeira, a apenas uns quinze metros. As cinzas irrompem pela janela que ela abriu. Sobem e voam, seguem as pessoas. Saturam o ar, poeira escura e compacta. O menor sopro de vento é cinzento e preto, sobre fundo de fim de dia já. Desde ontem à noite, todos respiram e comem cinzas. Elas são esfregadas nos olhos, tossidas, lacrimadas. A mão que Renée passa em seus cabelos ruivos sai preta. Em alguns minutos, as cinzas formam uma camada leve e prateada sobre o pequenino adormecido. Ela a retira e acaricia a cabecinha loira. Depois, com um pouco de saliva na ponta do polegar, limpa os vestígios carbonizados. Algumas internas silenciosas estão lá fora, olhando sem se aproximar muito, com o rosto devorado pela luz forte. Por que aquelas fogueiras? Bonitas, mas preocupantes, fúnebres mesmo, o que estão queimando assim? Tudo isso é mau sinal, mas Renée é insensível àquilo, tem a alma anestesiada.

Não longe, as fraldas estendidas para secar, em geral imaculadas, parecem ter cem anos, estão acinzentadas, refletem a estranha luz de um céu encoberto. A voz de uma enfermeira que Renée não conhece a assusta, "*Schliess doch*".* Ela não entende. A outra repete, depois se aproxima, empurrando-a de leve, e fecha a janela com secura, sempre falando. Renée percebe as palavras *Rauch*, fumaça, *Asche*, cinzas, e *Schau mal!* Olhe apenas. Ela se sente enxotada, como se estivesse se metendo em alguma coisa que não lhe dissesse respeito. Depois, quando se volta, vê uma película de cinzas sobre os guardanapos brancos do dia seguinte.

À luz do abajur, há traços escuros sobre a carta que Renée está escrevendo. No entanto, ela lavou as mãos e o rosto com luvas de limpeza, até lavou os cabelos, a tal ponto a cinza os escurecera. Mas as pontas dos dedos estão de novo fuliginosas, ela desempoa as mãos, o pretume continua a estender-se pelos dedos e pela palma, até os pulsos, até o rosto, sem dúvida. Pensando de novo naquelas fogueiras, sente um mal-estar que não consegue explicar. Escreve a Artur Feuerbach, para lhe anunciar o nascimento de seu filho há três semanas. Desde a fuga e o retorno calamitoso ao Heim, parou de lhe escrever. E, sem surpresa, continuou não recebendo cartas da parte dele. Por fim, amassa o papel escurecido. Atira-o no cesto. Erra, mas não se levanta para recolhê-lo.

---

* Feche!

A hostilidade das mulheres para com ela não diminui, ao contrário. Com a degradação da situação, ela é mais que nunca censurada por ser estrangeira, francesa ainda por cima. *Du Dirne, du Französin*. Sua puta, sua francesa. Sem entender as palavras exatamente, Renée adivinha que a mandam de volta para casa. Pois aqui já não há de fato o suficiente para todo mundo, e algumas brigam pior que homens. Por uma caixa de leite, por pão. Por um berço. E mais ninguém intervém, nem médico, nem Schwester. Às perguntas ninguém mais responde.

Seu coração insensibilizado se conformava com a solidão, a calma, os horários regulares. A desorganização que agora acompanha o apinhamento de mulheres e bebês num espaço cada vez mais exíguo a deixa perturbada. Atrapalha sua tristeza que, desde o nascimento do filho, se tornou quase confortável. No Heim, onde, desde sua entrada, tudo parece ter de ser regular, racional, pacífico, onde o excesso é sempre repreendido, a desordem não augura nada de bom. Aquelas fogueiras anunciam que a guerra está bem próxima. Que ela precisará partir. Lá fora só há morte. Agora ela se agarra a Arne, como a criança apavorada, que ainda é, se agarra à sua boneca amada. Ele está dormindo na cama dela, do lado da parede, coberto por um simples lençol.

Na cama gradeada dorme uma menina de alguns meses. Renée atualmente divide o quarto com uma mãe alemã e uma holandesa grávida, Frida e Frauke, e nenhuma sabe a língua da outra. A cama infantil serve aos bebês alternadamente, às vezes aos dois ao mesmo tempo, mas, na maioria das vezes, Arne dorme com a mãe, devidamente enfaixado e cercado de almofadas. Elas se falam pouco, cada uma perdida em sua própria infelicidade. O silêncio delas é de uma trégua sem amizade, pois aqui tudo começa a faltar há algumas semanas, e elas têm fome. No entanto, sabem que o pior está por vir. Frida e Frauke, chegadas há pouco, caindo numa desordem indescritível, estão morrendo de medo; Renée sente isso. Acha bom que Arne esteja mamando no peito: a ela faltam coisas, mas a ele não faltará nada.

— *Doe dat licht toch uit.*[*]

É Frauke, deitada no colchão entre as duas camas; dos lençóis só sai sua grande cabeleira estendida. Renée entende "*licht*", deduz que precisa apagar seu abajur. E deitar-se, Senhor, está tão cansada, mas sente que o sono não virá. Seus olhos ardem por causa da fumaça aspirada há pouco. E esse cheiro de queimado está em todo lugar, impregnando sua cama, flutuando no ar, ou então é ela mesma que tem a boca e as narinas cheias de cinzas. Renée apaga, vira-se para seu pequerrucho, devagarinho para não o acordar. Até Arne exala cheiro de fogueira.

No escuro, ela não pega no sono. Seja qual for a posição, sente os ossos apontando através da pele, desconfortáveis, duros, quase doloridos. Tem a impressão de um início de aurora, pois um pouco de luz está passando pelo vão entre as cortinas. Ela olha para Arne, que está dormindo. Vê passar pelo rosto dele todas as expressões de todas as emoções. Adivinha já como será mais tarde o seu sorriso.

Respiração de coelho perseguido. Mãos em miniatura se fecham, se abrem, ele suga dois dedos, tem pequenos movimentos ofegantes, o peito minúsculo se eleva, abaixa, muito

---

[*] Apague a luz, por favor (em holandês).

rápido, quase um tremor. De repente, ele abre as mãos e os braços, como se fosse sair voando. Gestos descontrolados, os mesmos de antes de nascer, quando ficavam contidos nela. Ele não gosta de espaços grandes demais, prefere se aninhar, se enroscar, viver nos braços da mãe, viver encerrado, enclausurado contra o corpo dela.

Vibração imperceptível do lábio inferior.

Chiados, trinados, bocejos, ruídos de sucção dos dedos, tremores, soluços.

Um universo de sonho e animalidade.

Quando ela o roça com uma carícia, ele se sobressalta, com um gesto largo dos dois braços.

Ver Arne dormindo sempre a acalma, mas nesta noite não é suficiente. Ela se levanta devagar, entreabre as cortinas, olha o parque. Não é a aurora que empalidece o céu, mas as reverberações das fogueiras que continuam ardendo.

Afinal, o que estão queimando assim, dia e noite?

Caixas e caixas de quê? Ela embrulha Arne e o coloca na caminha gradeada, perto do outro bebê. Cobre-o com uma toalha dobrada, enfia suas bordas por baixo do corpinho. Com o indicador, enxuga uma bolhinha de saliva no canto dos lábios dele.

De penhoar, sai do quarto e do prédio pela parte de trás, desce os degraus. O cheiro de incêndio encobre o das ervas aromáticas.

Helga

Diário da Schwester Helga

Heim Hochland, 30 de abril

Nossos inimigos ocuparam Munique. Estamos destruindo todos os documentos administrativos referentes a nossos Heime. Topei esta noite com o doutor, que acabou me dizendo que as ordens vêm do "mais alto nível de comando", do próprio Reichsführer: "Befehl ist Befehl."

Ela não fecha o caderno. Os bombardeios cessaram, o sono não chega. Noite escura, abajur aceso, mas toldado por uma echarpe azul. Pastas fechadas ao lado dela. A cama vizinha vazia, pois a Schwester Adelheid está de plantão.

~~Duvido.~~

Ela rasura. Relê o trecho da carta em que o Reichsführer a descreve como uma "encantadora Schwester de Grasberg

---

* Ordem é ordem.

que me causou muito boa impressão", devolve a folha ao envelope e põe o envelope dentro do caderno. Com seu dedo pouco firme, aperta o canto do olho direito. A tristeza continua crescendo, uma onda.

Ela percorreu as pastas confidenciais. A maioria se refere à criação do projeto Lebensborn e dos *Heime*, aos detalhes de sua organização. De tudo, ela extraiu alguns documentos, que inseriu bem embaixo da última pasta, como que para os esconder. Um discurso do Reichsführer, datado de 14 de outubro de 1943, com uma anotação de seu punho ao médico, "Enviar a todos os diretores de *Heime, mein Freund*":

> É evidente que tal cruzamento de povos sempre é passível de produzir alguns tipos racialmente válidos. Acredito que, em tais casos, devemos tirar essas crianças de seu meio e instalá-las entre nós, mesmo que tenhamos de tirá-las à força ou raptá-las. Tal medida pode parecer estranha à nossa sensibilidade europeia e alguns me dirão: "Como pode ser tão cruel a ponto de tirar um filho de sua mãe?" A essa pergunta respondo: "Como podeis ser tão cruéis a ponto de deixar do outro lado um futuro inimigo genial, que mais tarde matará vossos filhos e netos?" Ou agregamos esse sangue superior para o utilizarmos entre nós, ou então — o que pode vos parecer cruel, senhores — destruímos esse sangue! Não podemos assumir a responsabilidade de deixá-lo do outro lado.

Uma velha carta ao doutor Ebner, datada de 25 de agosto de 1941. Refere-se a vinte e cinco crianças da região de Banat, na Romênia, levadas para o castelo de Langenzell pela VoMI:[*]

Do ponto de vista racial, apenas algumas crianças são capazes de enriquecer nosso patrimônio. Considerando tudo, duas crianças são válidas para adoção. Dezoito não válidas, em vista da idade, deverão ser entregues a pais de criação ou enviadas ao trabalho. Outras cinco deverão ser totalmente rejeitadas do ponto de vista racial e biológico. Entre essas cinco, Agnès Fiala deverá ser esterilizada, visto que os jovens do campo começam a se interessar por ela. Dois rapazes também deverão ser imediatamente esterilizados; um, Nikolaus Reiszer, porque é tuberculoso; o outro, George Kuhn, porque tem aparência degenerada, com orelhas de abano e ombros caídos.

A menção a essa esterilização lhe lembra Frau Geertrui. A Schwester Helga fecha os olhos, *Mein Gott, meu Deus, eu não sabia.*

Há também outras cartas endereçadas ao médico que a deixaram estupefata; referiam-se a injeções de hormônios em meninas do Leste, de categoria I na Heimschule de Illenau, em Achern, para acelerar a puberdade.

Numa lista da Agência Alemã de Adoção, com nomes, datas e locais de nascimento, centenas, milhares de crianças

---

[*] A VoMI (Hauptamt Volksdeutsche Mittelstelle) era uma agência nacional-socialista que tinha por missão defender os interesses dos Volksdeutsche, ou seja, os descendentes de alemães que nasciam e viviam fora da Alemanha.

não adotáveis. Está escrito onde nasceram, mas não onde estão agora.

Correspondências entre o doutor Ebner e várias famílias de adoção, que se queixam de que a idade administrativa da criança não corresponde à idade biológica. Uma dessas pessoas, um Obersturmführer, admira-se. Se ele for mesmo um órfão alemão, como é possível não saber sua data de nascimento? Se a data de nascimento está incorreta, sabe-se qual foi o lugar? De onde vem essa criança, afinal?

Correspondência entre o doutor Ebner e Günther Tesch, jurista do Heim. Referente em especial às novas certidões de nascimento que é preciso fornecer às crianças *guten Blutes*, de bom sangue. "Os sobrenomes e os nomes devem ser, se possível, germanizados, de modo que os novos nomes se aproximem ao máximo da raiz e da sonoridade dos nomes de origem. Se não for possível, será preciso lhes atribuir nomes alemães usuais, evitando os que tenham tendência religiosa." Comenta-se a ausência de lembranças nos mais novos, crianças que levarão apenas alguns meses para esquecer o nome que receberam ao nascer e os pais biológicos; fala-se em tábua rasa, em massa viva com a qual podem ser modelados nossos futuros guerreiros.

Correspondência entre o doutor Ebner e responsáveis pelo orfanato SS de Kalisz, na Polônia, aonde ele foi algumas vezes. Refere-se às crianças alemãs e Volksdeutsche, germânicas e germanizáveis, polonesas, iugoslavas, romenas, russas, crianças francesas, austríacas e norueguesas, filhos de criminosos fuzilados, de resistentes executados, órfãos e crianças apreendidas em decorrência de ordens especiais, crianças roubadas "no interesse das próprias crianças". Tantas crianças. As mais crescidas, entregues à NSV e à VoMI. As menores, ao Lebensborn. Heim Pommern em Bad Polzin, Heim Taunus em Wiesbaden, Heim Alpenland em Oberweis. E Heim Hochland em Steinhöring.

Crianças divididas em categorias, I, II, III, IV. A maneira de medi-las em pé, sentadas, de medir o crânio, o azul dos olhos e o loiro dos cabelos. Instruções sobre os ângulos dos retratos que devem ser feitos. A categoria I e algumas crianças de categoria II destinadas a ser germanizadas. Na data de 27 de junho de 1942, uma carta de certo Obersteiner comunica que crianças iugoslavas de categoria I e II, com idades de seis meses a seis anos, serão transferidas para o Heim Hochland, "responsável pelos cuidados" que lhes serão dispensados "ou pela sua adoção".

Crianças abandonadas, crianças pegas ao acaso, crianças nascidas nos campos de concentração, enviadas para campos de trabalho, para campos da Agência de Repatriação Alemã, filhos de mães deportadas, de mães mortas ou vivas, filhos de pais rebeldes, de pais expulsos, reinstalados, deportados, exterminados. Crianças úteis e inúteis. Válidas, não válidas. Que dão boa impressão, má impressão. Tratadas ou esterilizadas ou deportadas ou mortas. Enviadas a campos especiais para crianças ruins, a instituições para crianças válidas, Heimschulen, escolas do Reich, Napola, BDM, Majdanek, Auschwitz.

~~Se agimos direito, por que destruímos nossos arquivos?~~

Ela rabisca até que nenhuma palavra mais seja legível. Sua caneta fura o papel em várias folhas. Larga a caneta.

A mão vibra. Os olhos choram. A boca se abre e fecha, muda.

Destruir, destruir tudo isso.

Ela se levanta, pega as três pastas, põe dentro os documentos que havia tirado, até o discurso do Reichsführer com a nota manuscrita.

Renée

Não muito longe do lago, a fogueira que queima papel parece queimar palha. No meio, uma caixa, durante longos minutos, dá a impressão de não pegar fogo, depois começa a arder de repente, lançando chamas de vários metros.

Não há ninguém, além de um jovem SS, que alimenta a fogueira. Ele a olha demoradamente, pega uma nova caixa de papelão. Renée se aproxima, fica de frente para a fogueira, que lhe abrasa o rosto. Volta-se, recua dois passos. Recolhe algumas folhas e as põe diante dos olhos: tudo em alemão, letras góticas, nomes que ela não conhece. Um dossiê, de uma mulher, Ingeborg Blank, com fotos de frente, perfil e três quartos. Rosto severo, tranças. Renée decifra palavras, *Kindesvater*, quer dizer pai da criança, e o nome de um homem, Rudolf Werner, seus dados, data de nascimento, grau militar, endereço, vários parágrafos redigidos à mão. Ela larga o papel.

Cambaleia, passa de uma perna à outra. Com as costas do braço, enxuga o rosto, quente e suado. A reverberação do fogo deixa seus cabelos ainda mais vermelhos, parece acendê-los. Eles sorvem o calor até a incandescência, de modo que ela já não consegue passar a mão por dentro deles. Vão se incendiar se ela continuar ali. Derreter como metal acobreado.

Lá dentro, numa daquelas caixas, existe um dossiê dela. O de Artur Feuerbach. Seu endereço. Tudo o que ela não sabe sobre ele, não teve tempo de conhecer. Está lá dentro a esperança de encontrá-lo um dia. Talvez as cinzas que ela limpou do vestido fossem de seu próprio dossiê.

De Artur Feuerbach ela conserva uma foto rasgada e colada, mas ainda amassada. Uma carta tão manipulada que suas dobras começam a ceder, a fibra do papel, a amolecer; faz alguns dias pareceu-lhe que a tinta desbotara e, desde então, devolveu a carta ao envelope sem mais ousar tocá-la, como uma relíquia. Daquele homem não lhe resta mais que uma folha de papel em frangalhos. E Arne. E ela conclui: Arne não conhecerá o pai. E, de repente, é dominada por uma raiva que contrai sua fisionomia. Que desperdício, Arne tão bonito, tão perfeito, tão inocente, e sem pai que o ame e proteja. Artur Feuerbach os abandonou, escolhendo ir combater e, provavelmente, morrer. Que essas fogueiras subam e queimem tudo, queimem todas essas putas de Fritz, que a olham de cima, que murmuram *die Französin* quando ela passa, murmuram, riem. Que essas fogueiras carbonizem tudo, lavem tudo, e que os canalhas franceses e os canalhas boches se matem uns aos outros e não sobre nem um único. Boche desgraçado, morra. Morra, Artur Feuerbach!

Helga

Perto da fogueira, o jovem SS — dezessete anos? —, de queixo caído, olha imóvel Frau Renée, seminua, ir de um lado para outro ao redor da fogueira. Renée revira, recolhe, atira folhas, tenta decifrar algumas. Gestos irritados, febris, sua vida depende totalmente daquilo. Um pedaço do penhoar pega fogo, ela começa a girar como um pião. Helga larga suas três pastas no chão, joga-se sobre ela, segura a roupa em chamas com as mãos, apaga o fogo abafando-o, Renée tem cheiro de pelo chamuscado e cinza. Recomeça a revolver os documentos espalhados pelo chão, revolve como se cavasse buracos, como se precisasse desenterrar alguma coisa. Helga sacode seu ombro, "*Was ist los mit dir?*" O que é que há com você? Renée a olha brevemente, "Onde ele está?". E se solta, e recolhe papel com as mãos queimadas, todo um pacote, segura tudo o que pode contra o corpo.

Aproxima-se da fogueira e inclina-se para agarrar uma folha poupada. Uma mecha ruiva pega fogo, e ela apaga com as mãos. Nos seus cabelos, agora cortados de qualquer jeito, cinzas que os embranquecem e a envelhecem

219

cruelmente. Um cheiro terrível de cabelos queimados, um olhar de animal preso num incêndio florestal. Ela tem nas mãos um punhado de folhas arrancadas ao acaso do braseiro, da relva atapetada de branco e carbonizado. À sua frente, o fogo redobra. No alto, o céu se aclara, a aurora já. O SS acaba de pôr no centro outro caixote, que se abrasa, primeiro devagar, as bordas de madeira, depois, quando o fogo atinge o coração de papel, as chamas brotam de repente. Lançam-se para o céu, misturam-se a ele. Na luz, gira uma neve de cinzas que giram, giram, quando pousarão? O calor se intensifica, queima-lhe o rosto. Sua pele poreja, e a cinza vem se colar nela, escurecendo-a, apagando-a.

Helga fica lá, bastante tempo, com a mão no ombro de Renée, que parou de se mexer, ombro pequeno, ossinhos de pássaro, cartilagem. O que vai ser dessa daí? *Völlig übergeschnappt,** essa *Französin.* Cada vez mais bonita, a cada dia, e cada vez mais doida. E como parece nova. Uma mãe-criança. Em breve, quarenta e oito horas que as fogueiras ardem. Também poderiam ter incendiado os anexos inteiros — de madeira, não demoraria duas horas. E o Heim também, aproveitando o embalo. Agora há papéis por todo lado, papéis inteiros, pedaços, cinzas e cinzas. Por onde quer que se ande, dentro ou fora, folhas soltas e papel queimado.

Ela olha as caixas de papelão se consumindo, textos e palavras desaparecendo. Desaparecendo as origens de todas aquelas crianças, que não falam e vêm não se sabe de onde.

---

* Louca varrida.

Desaparecendo a esperança de que alguém possa encontrá-las um dia. Olha o fogo apagar o passado delas. Não deveria fazer alguma coisa? Não se mexe. Não se mexe. Hipnotizada pelas chamas.

Recolhe as três pastas e as joga no meio da fogueira; recua. Cor de areia. Cor de fogo. Cor de cinza. Poeira. Com a mão esquerda, agarra a mão direita para que pare de tremer.

Marek

Um abrigo, um refúgio, uma ideia de cabana, tamanho reduzido, na realidade uma lata de lixo para resíduos vegetais, o caixote tem cerca de um metro e meio de largura por três de comprimento — com tampa de tábuas, que range quando é aberta. Insetos, não ruins, coleópteros, minhocas. Um arganaz de vez em quando, que foge com o menor movimento. Marek pensava em se esconder apenas uma noite, mas já é o quarto dia. Fez um buraco e se enterra nele, agachado entre os galhos e as folhas secas com que escondeu sua toca; eles o protegem da umidade dos vegetais em decomposição.

Quando soube que o pessoal do campo de concentração estava voltando para Dachau, fugiu, escondeu-se naquele lugar que conhece bem. Não quer voltar a Dachau, nunca. Era sábado, 28 de abril. Hoje, terça-feira, 1º de maio, continua esperando que os SS venham procurá-lo, à espera de que o matem. Sabe tornar-se invisível nos detritos, sabe também que aquele é um lugar onde o procurarão, um esconderijo evidente. Onde os cães o encontrarão de imediato. Mas em quatro dias ninguém apareceu. Ninguém o procurou. Será que simplesmente foram embora como previsto, sem se preocuparem com ele? O sol atravessa a copa das árvores e passa pelos vãos entre as tábuas. Ele gostaria de se deitar ao sol, na relva, talvez houvesse mais calor. Devem ser 9 horas da manhã, 10 talvez, e, como todos os dias, ele planeja ir embora à noite. E não se decide a ir.

Para matar a sede, espera a noite alta. Bebe no lago, deitado de bruços, dá linguadas na água, com seu cheiro de limo e, sem dúvida, minúsculos organismos que a escuridão impede de ver.

Depois de beber, ele olha as fogueiras, do outro lado do lago; no mínimo três. Ainda que distinga com clareza uma só, a presença de outras fumaradas e cinzas inflamadas revelam mais fogueiras, e às vezes o vento lhe traz os odores. Um vento carregado do cheiro das fogueiras. Noite e dia, elas ardem. Quando está muito cansado, ele se deita de costas, na relva, olha as estrelas. O estômago dói, um odre cheio de líquido e de barulhos de água quando ele faz algum movimento. Tem dificuldade para fixar o pensamento. Nos momentos de lucidez, conclui que já não consegue refletir, que está perdendo a inteligência, que está voltando a ser bicho, entrando em hibernação em plena primavera. Já não tem cabeça, é um ventre, uma dor de barriga, transformou-se na fome, plantada num coração de animal.

Ontem, havia cinzas na sua boca, o lago está cheio delas, e na superfície da água também há papéis que escaparam à fogueira. Veio parar na sua língua algo que ele achava ser um pedaço de folha de árvore. À luz do dia, era um pedaço de papel branco, queimado nas bordas, com palavras incompletas. Comeu-o.

Faz quatro dias que se alimenta de cascas mofadas e batatas cruas; durante toda uma madrugada, do domingo para a segunda-feira, escarafunchou a pequena plantação limítrofe, em busca de hortaliças frescas. No domingo, algumas mulheres que ele identificou como empregadas vieram ver se havia hortaliças esquecidas; foram embora de mãos abanando, mas dando-lhe a ideia de ir cavar, e encontrou três batatas; quer dizer, então, que elas tinham menos fome que ele. Quanto às cascas, teve tempo de selecioná-las bem, de separar as menos mordidas. Fez uma espécie de despensa num canto do abrigo. De lá expulsa os insetos. Ninguém mais traz cascas frescas, que já não têm tempo de chegar aqui; é provável que no casarão já não tenham mais nada para mastigar, as próprias mulheres devem comê-las, conclui. Ele não sabe se suas dores de estômago se devem à fome, à água do lago, à natureza dos alimentos ou à infelicidade. Elas se irradiam até dentro da cabeça e aos dentes.

Ele sabe que tem febre, e essa febre é que o impede de ir embora; tem calafrios noite e dia, tontura quando se levanta, todos os seus músculos estão impregnados de dor e fraqueza. É a febre que lhe dá aqueles sonhos estranhos, que o faz suportar os insetos na pele. É por causa dela que ele não consegue dormir de verdade nem acordar completamente. Apanha-se de novo a contar, *Eins Zwei Drei*. As cicatrizes nas costas coçam. Ele se pergunta se a febre tem o poder de reabrir feridas fechadas, se pode rachar sua carne como uma fruta madura demais explode com o calor; sente a pele porejar, vazar, verter sucos, suor, sangue, linfa, sumo; sua pele está fermentando. *Vier Fünf Sechs*. Ele sente urina quente escorrendo pelos calcanhares, arrepia-se.

Enquanto está escuro, ele fica fora. Com os primeiros alvores da aurora, afunda debaixo do alçapão de madeira, enterra-se nas plantas mortas, no mofo, na fermentação. As mulheres se levantam cedo no casarão branco; um pouco antes das 5 horas, acendem-se luzes, abrem-se cortinas, ainda que elas saiam só bem mais tarde. Pela manhã ou no fim do dia, as mulheres jovens trabalham um pouco, cuidam da roupa ou preparam hortaliças no gramado. Mas, principalmente, passeiam e, quando passeiam, fazem a volta do lago. Sempre. E quase sempre no mesmo sentido, o dos ponteiros do relógio. Passam, raramente sozinhas, muitas vezes em grupinhos, duas, três, quatro mulheres. Passam a alguns metros dele. Às vezes se sentam na beira da água, tão perto que ele as ouve bater papo, capta no ar algumas palavras de alemão. Às vezes também são enfermeiras, empurrando grandes carrinhos de bebê, nos quais se encontram três ou quatro crianças. Mas faz dois dias que não vê enfermeiras e vê poucas mulheres. Menos movimento do lado do Heim.

E, à parte as empregadas que vieram procurar batatas, uma única visita, ontem. Por volta do meio-dia, enquanto ele estava escondido no seu buraco, tampa fechada, cochilando, olhando os raios de luz atravessando as tábuas. Ao ouvir um ruído de passos tão próximo, ele gelou. Era a primeira vez que alguém se aventurava tão perto. Os passos eram leves, de uma pessoa sozinha. Depois uma voz, cantarolando. Uma mulher. Cheiro de fogueira e cinzas. Ele não se mexeu. Ela cantarolava uma canção de ninar francesa. Os passos se afastaram.

Ele se levantou, os galhos estalavam, e o barulho o fez ficar imóvel de novo por alguns instantes. Entre os vãos, ele a viu, meio de lado, na beira do lago, onde estava sentada. Viu seu cabelo afoguear-se, sua silhueta afilar-se na luz, a cabeça do bebê minúsculo. Era a moça ruiva, a que ele tinha encontrado, tosquiada, naquele mesmo lugar, no verão passado. Agora seus cabelos chegavam aos ombros, e dela emanava um cheiro de queimado, ele se lembrava muito bem do rosto dela, infantil ainda, olhos de um verde impuro. A criança em seus braços era bem pequena. Ele calculou então que o seu filho devia ser mais velho, mas pouco, algo mais de quatro meses, que Deus o proteja. Ela ficou lá uns quinze minutos talvez, embalando o pequeno e cantando para ele, sem parar, palavras indistinguíveis, depois cantou de boca fechada. Ele não se mostrou. Ela se levantou, lançando um último olhar ao redor. Foi embora cantarolando de boca fechada, interrompeu-se um momento para ouvir o bebê balbuciar.

Quando considerou que estavam suficientemente distantes, ele abriu a tampa rangente. Cantarolou a cantiga, só a melodia, sem a letra.

E, a partir de então, a partir do momento que viu aquele recém-nascido nos braços daquela moça, não para de pensar no filho de Wanda. Ele o imagina e o vê, sonha com ele assim que fecha os olhos. Quase esquece o cheiro da celulose em decomposição, do mofo, quase sente o cheiro quente, açucarado e leitoso de bebê.

Helga

Não apareceu para assumir o posto hoje de manhã, nem para almoçar; Adelheid está sumida. Depois de comer, Helga sobe para o quarto. Abre o armário: vazio. Um isqueiro abandonado. Fecha. Olha pela janela, o parque, não está aí, já não está aí. Nada mais que uma fogueira, perto dos anexos, agora invisível, sente-se só o cheiro de papel e madeira queimados. Quanto ao resto, cinzas, por toda parte, e folhas de papel, folhas inteiras, restos datilografados, pedaços de cartas escritas à mão, vestígios de documentos, e, assim que se põem os pés lá fora, a impressão de estar andando em palavras, em nomes, na poeira e na cinza, de pisotear o passado, o presente, o futuro.

Ela sai do quarto. Na ala das internas, uma mulher rola no chão, no meio do corredor, diante da indiferença geral. No alto, gritos de uma briga violenta. Por todo lado, berreiro de crianças. Pelas janelas abertas, ouvem-se ao mesmo tempo as do Heim, que acabaram de sair, e as que foram alojadas no anexo; crianças que berram, invadidas pela inquietação provocada pelo racionamento de comida e pelo medo das mulheres que cuidam delas. São ouvidas em ondas, há momentos de trégua, depois aquilo se eleva e intensifica, vem de todos os lados.

No corredor dos escritórios, por pouco ela não é derrubada por dois soldados que transportam uma cômoda maciça para o saguão de entrada. Atrás deles, Max Sollmann, que há mais de uma semana supervisiona a mudança de caixotes, móveis e espelhos. Tudo parte em caminhões, que os soldados estão o tempo todo carregando. Os veículos voltam vazios e em seguida recebem nova carga. Tapetes, louça, quadros, revestimentos de madeira, esculturas bonitas, caixas que parecem pesar muito. Ela balança a cabeça. Os SS que só eram vistos dentro do lar nas Bênçãos do Nome agora vão e vêm como num pombal, e é como se, esvaziando o Heim, eles pusessem a guerra dentro dele. Parece não ter realmente importância eles estarem dentro ou fora, serem vistos ou ficarem escondidos. Uma das internas, esposa de um Obersturmführer, falou-lhe ontem de uma "evidente falta de consideração", e é sem dúvida isso que aumenta ainda mais o pânico das mulheres. O que será delas? Para onde estão levando todas essas coisas?

O médico não está em seu escritório, mas na sala de parto. Ele a faz entrar sem erguer os olhos, vestindo luvas cirúrgicas:

— Diga, Schwester Helga.

— Herr Doktor, a Schwester Adelheid foi embora. Ela lhe disse alguma coisa?

Ele parece não ouvir.

— Schwester Helga, por favor, mande verificar a temperatura de todos os recém-nascidos do berçário em primeiro lugar, depois a dos que estão com as mães. A Schwester

Barbara detectou uma pneumonia no pequeno Wolfgang. Ele está isolado no momento.

— Só nos faltava uma epidemia, doutor.

A voz da Schwester Helga treme um pouco.

— E Frau Elise hoje de manhã estava com trinta e nove, não tive tempo...

— Entendi, doutor.

— Frau Gudrun entrou em trabalho de parto, o primeiro, como sabe. As próximas horas serão tranquilas...

— Vou dar uma olhada, doutor.

Ele fala em voz baixa, indicando o biombo com o queixo; do outro lado, estão uma interna e uma jovem Schwester que lhe faz perguntas.

— Frau Ilse. Espero evitar a cesariana.

Com olhar rápido e preocupado, ele se dirige para o biombo. A Schwester Helga sai da sala com passos rápidos.

Diário da Schwester Helga

Heim Hochland, 2 de maio de 1945

Adelheid foi embora sem dizer nada a ninguém. Adelheid, Ilse, Vera, Heide, todas foram embora. Às vezes tenho a impressão de que o vento traz barulho de balas. Mas fora do Heim não é melhor que dentro. Além disso, aconteça o que acontecer, não vou embora. Sem Schwestern para cuidar das crianças, o que vai ser de todas elas, das mulheres doentes, das que estão para dar à luz? Tenho medo, mas como viver com a ideia de abandoná-las, principalmente as crianças? ~~Cada vez que pego uma no colo, penso em Jürgen. O que aquele pobre bebê tem a ver~~

com tudo isso? Nada, absolutamente nada. Insuportável voltar a isso o tempo todo. Meus pensamentos se tornaram uma doença, eles me devoram, e eu me desprezo por me deixar devorar. O único meio que encontrei para expulsar o rosto daquele menino e da mãe dele foi olhar os rostos de outras mulheres, de outras crianças, cada vez mais mulheres e crianças por trás das quais pudesse esquecer aqueles dois infelizes.

Marek

É a aurora, a aurora do dia 3 de maio, calcula. Ao longe, um ronco de motores que vem do lado da estação, depois silêncio. Silêncio cheio, habitado por todos aqueles ruídos minúsculos que há cinco dias acalentam Marek. Vento nos ramos acima. Folhas amassadas. Zumbido de insetos, tão intenso que ele parece estar no meio de uma colmeia. A pulsação de seu sangue. O sibilo de sua respiração, imperceptível. Ele não tem vontade de se mexer. Só de dormir. Mas tem medo de dormir. Ontem sonhou que em suas cicatrizes penetravam larvas, que elas entravam em sua boca, na falha dos dentes caídos. Acordou gritando, cuspindo, e saiu, saiu horrorizado do esconderijo, em pleno dia, transpirando e louco. A moça ruiva com bebê não voltou. Ele acha que em breve estará comendo terra e madeira, em breve chupará pedras, mastigará areia e poeira. E à noite, bebendo a água no lago, ele se perguntou se não seria a água que o estaria bebendo e engolindo por dentro. Quando se escondeu ao amanhecer, concluiu que, se morresse lá, os insetos o invadiriam e digeririam como mato, folhas mortas, e ele se fundiria com o vegetal e a terra.

Mais roncos de motor, mais perto. Ele se enterra um pouco mais fundo no húmus macerante, no mato cortado, na terra viva, preocupado com o barulho dos galhos e de sua própria respiração, com o movimento de sua caixa torácica. Na frente de seu nariz, uma folhinha vibra como uma asa a cada expiração. Bichinhos correm por sua nuca. Zumbido das moscas. Ele para de respirar. Vê, acima, a madeira das tábuas, olha os longos raios de luz. Pensa se não será essa luz que amplifica sua dor de cabeça. Ela se mexe, se dilata, depois se encolhe, como se fosse viva.

O barulho do veículo se aproxima, se imobiliza. Alguns instantes depois, vozes de homens. Não é alemão. Gritam. Marek não entende nada, só sabe que é inglês e que vários homens vêm em sua direção, talvez para procurá-lo, talvez para mijar, talvez para se posicionar. Ele não se mexe. Alguém abre a tampa, sob a qual está Marek, que não vê ninguém. Um homem grita, grita para *ele* alguma coisa, é o que pensa Marek, imerso no vegetal. O homem deve vê-lo, ele vê a palha e os galhos se mexer e seu tórax se inflar e seu coração bater. Não se aguenta mais, melhor morrer em pé do que enterrado vivo. Levanta-se, livra-se do monte de folhas e detritos, primeiro a parte de cima do corpo, depois se ergue. Com as mãos ao alto, galhos nos cabelos, um espantalho de lama e lixo. Não vê imediatamente os homens, nem o blindado, a uns vinte metros. Nem mesmo o soldado, que está bem perto. Não vê mais nada. Luz em demasia. As pernas fraquejam, ele desaba.

Sente mãos agarrando seus braços, levantando-o, tirando-o do caixote, ouve vozes, muitas vozes, ou então elas ressoam como numa catedral. Distingue um cheiro interessante. Chocolate, que estão segurando debaixo do seu nariz. Ele arregala os olhos e o come, come quase seus próprios dedos, com o olhar no céu.

O céu é um deslumbre, Marek é envolvido pela tepidez de um fim de primavera magnífico. Quando se ergue, é invadido pelos eflúvios do parque, uma mistura de jasmim selvagem, aspérula e violeta; ele vacila, diante de seus olhos tudo escurece, depois o mundo se abre de novo, e ele distingue três homens, soldados americanos muito jovens, mais novos ainda que ele, subindo no blindado. Um deles lhe faz um aceno antes de desaparecer. O veículo avança em direção ao Heim. Marek entende que a guerra acabou. Nos olhos, uma lágrima. Vai voltar para casa. Para casa, onde se encontram Wanda e o filho deles. Juntar-se a eles onde quer que estejam. Marek sorri, sorriso um pouco banguela na bochecha esquerda, onde lhe faltam três dentes. Sorri para o céu com seu grande sorriso esburacado, e o céu lhe acaricia o rosto. Ele cai.

Helga

Gritos. Altos. Ela emerge do sono. Deitou-se às 6 horas da manhã, depois de ajudar Frau Gudrun a trazer ao mundo a pequena Brunhild um pouco antes das 5 horas. Depois de verificar, às 5h15, que a febre de Wolfgang tinha baixado. Ela se levanta, apesar do cansaço: mais que de costume, os gritos. Como urros de morte, e não uma só mulher, várias. Ela se veste correndo. Aquilo vem de lá de baixo. Uma multidão. Internas, *Schwestern*, bebês. Algumas mulheres se esgoelam, uma delas berra, numa das salas da administração do térreo, a última do corredor. A ponto de ficar rouca, diz que aquilo é impossível, inadmissível, que seu marido vai mandar todos para a morte em Dachau. Louca de medo, urra e não vê mais nada. Todas as salas estão de portas escancaradas. Vazias. Seus armários, também.

Helga segura o braço da Schwester Helena, que está tentando acalmar uma mãe em prantos, sentada no chão com uma criança. Fica sabendo, assim, que os SS foram embora, e os administradores e responsáveis também. Até o Arbeitskommando. Todos.

— Foram embora para onde? — pergunta.

— Foram embora de madrugada — diz a Schwester Helena com um riso irônico. — Não há um único homem em todo o prédio.

Aparece então no corredor o doutor Ebner, muito ereto, com a farda impecável de SS-Obersturmführer, que ele só veste para as cerimônias do Nome. Saiu da sala de parto. Ainda tem sangue debaixo das unhas. Todas as mulheres se calam, exceto aquela que urra. Ele põe a mão no ombro dela, e esse contato a acalma imediatamente. Diz que não se preocupe, que aguarde tranquilamente, que cuide das crianças, o futuro de nosso país e nossa esperança. E, com a mesma voz de sempre:

— Günther nasceu às 8 horas e 4 minutos, 3 quilos e 600 gramas, perímetro cefálico de 35 centímetros.

Depois, acaricia a cabecinha de outro recém-nascido que está dormindo no colo da mãe, e passa, como se nada estivesse acontecendo. Dirige-se para a entrada do Heim.

Com um bebezinho nos braços, uma mulher que está olhando pela janela grita:

— Um blindado!

Helga se aproxima: vários blindados estão se posicionando em torno do Heim, ela conta dois na frente e atrás; do outro lado do lago, pelo menos três. Diz às mulheres que se afastem das janelas e voltem para a companhia de seus filhos. Uma delas começa a chorar, outras, a correr, um galinheiro de aves aterrorizadas.

Helga se dirige para a porta principal, que o doutor Ebner fechou ao sair, e abre. Da soleira, vê o médico de mãos para o alto no meio da Münchener Strasse. Um blindado avança em sua direção. Ela reconhece uma bandeira americana. Dentro do Heim, gritos de mulheres, choro de bebês. Lá fora, ronco de motores e vozes de homens. Do veículo saem vários soldados, uma meia dúzia, caras saudáveis, um deles lança um olhar para a enfermeira. Vê um dos soldados, *um negro*, encostar o doutor Ebner na guarita vazia, outro segurar seu rosto, ela ouve um estalido, fecha os olhos, aperta-os até doer. Depois, uma voz de homem, "*Don't shoot! Don't shoot!*", e abre os olhos. Um dos soldados tem uma cruz no capacete, um médico. Os homens abaixam as armas, mas o doutor Ebner continua com os braços levantados, ainda à espera de que o fuzilem. Não disse uma única palavra, não baixou os olhos, espera, e o disparo não sai.

Os soldados americanos entram no Heim, primeiro são dez, depois dezenas; vêm com as armas em riste, que logo em seguida são apontadas para o chão, todos boquiabertos diante do espetáculo, queixo caído, olhos arregalados, ao verem todas aquelas mulheres e, principalmente, aquelas salas cheias de nenéns e criancinhas pequenas, mais de uma centena, rolando numa bagunça de colchões espalhados, tapetes, panos, berços, crianças largadas em cima de penicos, penicos emborcados no chão, e aquela barulheira, gritos, berros, choros de bebês, e algumas mães puxando as fardas deles, suplicando em alemão, e eles as repelindo delicadamente. A Schwester Helga vê soldados rindo, talvez até de alívio, distingue as palavras *nazi whores*. Risos de homens muito jovens, intrigados, onde é que foram parar, e num instante deixam de ter medo.

Renée

Ao lado de uma janela aberta da sala de convívio, ela aperta Arne junto a si, com um braço bem dobrado, apesar do lençol infantil que atou fortemente ao redor dele e de seu próprio corpo. Está pronta para correr em direção ao fundo do parque, a atravessar os campos, ir ao encontro da morte. Hesita: a uma dezena de metros do Heim, vários blindados. Quinze homens, com carabinas M1 nas mãos, irrompem ao mesmo tempo, com passos rápidos. Vozerio. Inglês. Um deles se aproxima das janelas e das três mulheres que estão lá. Ele ri, dirigindo-se aos camaradas atrás. É parecido com Artur, mesma altura, mesma compleição, mesma estrutura do rosto. Ri, encarando Renée, talvez porque a pele dela está vermelha, em carne viva, desde a noite em que queimaram tudo. Seu olhar é duro, desdenhoso. Ele cospe no chão. A cusparada cai a alguns centímetros dos pés do grupo de mulheres. De Renée.

Ela arremete contra ele e, com o braço esquerdo dobrado sobre Arne, dá-lhe um soco no peito com o punho direito. Depois no rosto. O soldado agarra seu braço e a repele com violência. Ela cai para trás, com os braços fechados sobre o filho. Arne começa a chorar. Renée ergue os olhos para o soldado, com ódio, levanta-se.

Ele já foi embora.

Ela o odeia com o mesmo ódio que agora tem por Artur. Artur Feuerbach está vivo. A Schwester Helga lhe disse, depois da noite que eles passaram queimando tudo no parque. A alegria de sabê-lo vivo quase de imediato se transmudou em raiva. Ele está vivo e não lhe escreveu, nem uma única vez. "Então ele vai voltar?", perguntou Renée com os nervos à flor da pele, mas Helga desviou o olhar. Então ele é conhecido aqui, e ela poderá encontrar a família do pai de seu filho. Helga respondeu alguma coisa, e ela entendeu *streng geheim* e *verboten*. Estritamente confidencial e proibido. Disse essas coisas, provavelmente para a acalmar, pois sorria com amabilidade, passando uma pomada fresca como água, como se a pele de seu rosto inchado, vermelho escarlate, tivesse sede. Queimada a ponto de arrancar sangue. O rosto desinchou um pouco, mas a cor não clareou. O sangue impregnou a pele. Ela continua vermelha como sob o impacto de forte emoção, de uma vergonha humilhante. De uma raiva engolida que sai por todos os poros.

Renée sabe, é o ódio que lhe faz isso. Só o filho escapa desse ódio. Nem sempre. Mesmo com ele lhe acontece agir com brutalidade. Às vezes ela acha que o pequeno é o retrato escarrado do pai. Quando ele chora, larga-o sozinho no berço, "Não te aguento mais, não te aguento mais". Depois volta, arrependida, pega-o no colo, "Perdão,

perdão, meu coração, não vou te abandonar nunca mais". Ele é tão pequeno, tão vulnerável.

Agora ela o estreita nos braços, olhando aqueles homens que invadem o Heim e caçoam. Que voltam para a saída, para seus veículos, seus tanques, seus caminhões, sua guerra.

Helga

Diário da Schwester Helga

Heim Hochland, 3 de maio de 1945

Chegada dos americanos. É o fim de nosso Heim. Da Alemanha. Os americanos deixaram aqui dois ou três soldados e um médico, que salvou o doutor Ebner. Está fazendo um inventário da infraestrutura.

7 de maio

Exausta. Escrevo amanhã.

8 de maio

Amanhã.

9 de maio

Amanhã amanhã amanhã.

12 de maio

Quase dez dias sem escrever — Dias horríveis — Nada para dar de comer às crianças — Eu mesma não como nada desde ontem à noite, uma xícara de leite com açúcar e pão — Abastecimento aleatório, alguns aldeões fazem doações às religiosas, os americanos trazem ração militar, principalmente leite em bisnagas — Heim reclassificado como "hospital infantil" — Ontem nova chegada, 20 crianças, 3 a 6 meses, de onde vêm, ninguém sabe, desacompanhadas! — O motorista: um soldado americano que não deu explicações — Todas chorando, nadando em fraldas sujas — Trocamos suas roupas e as alimentamos com leite diluído, que não as acalmou.

Heim Hochland, 16 de maio

Ontem, 15 de maio, chegada do doutor Kleinle, médico da Wehrmacht, pediatra — Alívio!

No corredor que leva ao antigo escritório do doutor Ebner, onde agora está instalado o doutor Kleinle, as *Schwestern* esperam, umas quinze ao todo, jovens, preocupadas, silenciosas ou cochichando em grupinhos. A porta se abre:

— Schwester Helga, *bitte*.

Ela entra, com um aceno de cabeça. Um homem gordo, olhar doce e sombrio, esfrega a testa com o indicador e o médio, um cacoete.

— Schwester Helga Lindenthal, vinte e dois anos. Em breve fará dois anos que você trabalha aqui?

— *Jawohl*, Herr Doktor.

— E é a única enfermeira formada.

— *Jawohl*, as *Blaue Schwestern*...

— Eu sei, eu sei. Conheço a situação. Você pode ficar. Eu lhe serei muito grato por isso. Porque todas as *Blaue* precisam ir embora, com os filhos, se tiverem, por ordem dos americanos.

— Mas, Herr Doktor, há mais de trezentas crianças aqui! Como vamos fazer?

Ela põe a mão nos lábios, como se tivesse falado demais.

— Com a ajuda das irmãs salesianas, vamos conseguir. Virão outras. Como você sabe, elas e as *Blaue Schwestern* não se dão muito bem.

Ela sabe bem demais. As *Blaue* e sua arrogância, mesmo na derrota. As salesianas as consideram mulheres de má vida, mães solteiras de uniforme. O médico volta a falar:

— Outra coisa: parabéns pelos partos que supervisionou sozinha nas últimas semanas: sete ao todo?

— *Danke*, Doktor. Sete. Mas eu não tenho nenhum mérito. Como dizia o doutor Ebner, a qualidade excepcional das parturientes explica a ausência de complicações.

O lábio inferior do médico se franze. Ele acaba dizendo:

— Talvez, Schwester Helga. Talvez. Está dispensada.

— Doutor. Hoje alimentamos os bebês, mesmo os mais novinhos, com purê de batatas, a maioria está sofrendo de cólicas e...

Ele suspira, cansado.

— Sim. Os americanos prometeram leite para hoje à noite.

Na sala de convívio, transformada em *Kindergarten* para as crianças maiores de doze meses, os berços estão dispostos em longas fileiras separadas por corredores pelos quais o pessoal tem acesso para o atendimento. Há mais de cem berços, e duas freiras, vestidas de preto, com colarinho branco e grandes crucifixos, medem a temperatura das crianças com suspeita de febre. É um dia de maio ensolarado, mas as crianças ainda não saíram da cama. Algumas gemem. Outras se balançam para a frente e para trás, tentando se tranquilizar. Um menininho bate a cabeça nas grades, repetidamente. Helga quer pegá-lo. Ele recua para o fundo do berço, visivelmente amedrontado. Na véspera, elas tiveram dificuldade para tirar todos e levá-los ao parque, pela primeira vez em uma semana. Eles se comportavam como pequenos animais, andando de um lado para o outro, chorando, movimentando-se em grupo, como uma horda selvagem.

Pouquíssimo leite. Pouquíssimos braços. Pouquíssimo tempo.

Renée

Faz várias semanas que ele se levanta e anda. Passos curtos, de velho. É o homem esquelético que esbarrou nela naquele dia de verão, que fez seu coração bater de medo e surpresa. E de pena, quando o viu sair correndo, mais assustado ainda do que ela. O homem para quem ela reservava seu pão no início do outono. Um polonês que não voltou para Dachau com os outros prisioneiros do campo de concentração.

É pele e osso. Comer lhe faz mal. Está faminto, mas tem um ventre que não segura mais nada. Seu corpo não consegue fabricar carne nem sangue, e sua pele é um saco seco, um saco grande demais, cheio de coisinhas endurecidas, ressecadas, desgastadas, a textura do olho lembra a casca de um fruto envelhecido, polido pela luz. O homem parece sempre deslumbrado. Passa muito tempo no parque, atrás do Heim. Sentado, encostado numa das muretas de pedras que margeiam o talude, aquecendo-se no calor que elas acumulam durante o dia, com o rosto virado para o céu, os olhos fechados. Hoje, ele tinha material e consertava um cadeirão de bebê com gestos lentos.

Ele também a reconheceu. Ela percebeu. Apertou o filho um pouco mais forte contra si, o homem tem algo de assustador. Ele sorriu para ela. Há quanto tempo ninguém lhe sorri. Ela continuou de cara fechada. Então ele se levantou, devagar, tendo nos gestos a fragilidade dos velhos. Pôs a mão no coração e lhe disse perdão, em alemão, "*Verzeihen Sie mir*". Ela respondeu em francês, "Eu não sou alemã". "Perdão", disse ele então em francês. Perdão por tê-la empurrado. E olhava fixamente para a criança, perdido em pensamentos.

Ela o encontra no parque, todos os dias. Ele sabe um pouco de francês. Não o suficiente para falar muito de si mesmo, nem de sua vida de antes, nem da vida de depois. Tem mulher, Wanda, e um filho, um bebê que nunca viu. Vai se unir a eles assim que ficar de pé. É isso, em essência, o que ela entende. Um dia, ele lhe pergunta se pode segurar Arne. Ela hesita, pois não deixa ninguém tocar no filho, depois cede. Ao vê-lo em outros braços, começa a chorar, sem nem saber por quê, ela que não chora há muito tempo. Ela que vive crispada sobre o filho. Há meses vive sozinha e sem palavras, perdida numa selvageria de menina abandonada. Logo pega Arne de volta, quase o arranca, e foge. Mas, nos dias seguintes, ele pede o neném assim que a vê e, às vezes, quando o põe para pular sobre seus joelhos, o menino começa a sorrir, e o homem ri como um menino. Um belo riso, generoso, mas um sorriso estragado. Esburacado.

Ela o deixa segurar Arne, mas se mantém à parte. À parte de tudo e de todos. E também desse homem que lhe inspira repulsa. Alguma coisa em seu cheiro, seus olhos, na textura de sua pele. Algo de doentio no aspecto de sua epiderme.

Na magreza, no hálito. No rosto assimétrico. Ele se assemelha à morte. Ele se assemelha também à lembrança de sua própria humanidade. Ao tempo em que ela guardava pão para um estranho que lhe dera um empurrão. Por ele não sente raiva nenhuma, embora essa seja, provavelmente, a única emoção que a faz aguentar-se em pé. É também a que se expressa em seu rosto ardente; a queimadura parecia superficial, mas não se curou, não se curará, ela sabe, nunca o sangue que bate agora em sua pele voltará para as veias.

O homem sustenta o bebê com o braço esquerdo e, com a palma da mão direita, cobre-o como um cobertor quentinho; Renée olha aquela mão machucada, cicatrizes de cortes, mão na qual só restam os ossos como cordas, articulações um pouco deformadas, entortadas pelo trabalho e pelo frio do último inverno. Marek tem, assim, a mão pousada e, com voz bonita de tenor, canta para o pequeno uma canção em polonês. Nela, o nome de Wanda se repete o tempo todo, inúmeras, infinitas vezes, e o bebê, que chorava, para de chorar na hora. Franze a testa e parece querer distinguir, acima, aquele cheiro e aquela cantiga que não são de sua mãe, desenha na face um sorriso radiante de bebê, e Marek o aconchega mais, andando e cantando. Sua voz ressoa em todo o Heim, grande e triste.

Arne agora sorri. Sorriso de verdade? Ou só está sorrindo para os anjos, como todos os outros, de algumas semanas, sorriem dormindo ou para a luz? Sorri fazendo pequenos movimentos de pássaro surpreendido, admirado com tanta liberdade, assustado por não se sentir apertado nem segurado, ao passo que Renée o estreita contra o peito e o olha nos olhos.

Por ordem dos americanos, ela não pode ficar. Até o fim do mês de junho, precisa ir embora, pois mesmo as crianças do Heim se mudarão para o convento de Indersdorf. Ela vive suspensa no espaço e no tempo. É estrangeira em todo lugar. O futuro, um buraco vertiginoso.

Artur não volta; dele, nenhuma notícia. Muitas vezes Renée vê seu rosto no de Arne. Quando o menino fecha a cara, principalmente, sua expressão lembra a do pai. A semelhança é tanta que faz mal a Renée toda vez que o olha. A saudade agora está misturada a uma raiva que ela não tenta entender, raiva que toca tudo o que a cerca. Ela detesta o filho por se parecer tanto com Artur.

Uma vez perguntou a Marek onde estão Wanda e o filho. Então o rosto do homem se fechou, e ela leu angústia e infelicidade. Ele ergueu os ombros, não tinha nada para dizer, e Renée se arrependeu de ter feito uma pergunta cuja resposta era tão evidente. Wanda e o filho estão onde está Artur Feuerbach. Em todo lugar e em lugar nenhum. Mortos e vivos. Esperados e perdidos. Wanda e o filho estão onde estão os pais de todos aqueles órfãos amontoados em cobertores e colchões, em berços insuficientes demais. Crianças que ninguém sabe onde estão nem quem são.

Um dia, Arne chora muito, Renée repele o filho com dureza e o deixa chorar sozinho no meio dos outros bebês durante toda a tarde.

Helga

Barulho do braço caindo no balde metálico. Bracinho azul, violáceo. Helga franze os lábios ao ver o membro minúsculo no recipiente de aço, os dedinhos dobrados como durante o sono. Vai dando os instrumentos ao doutor Kleinle à medida que ele os pede. Na mesa de parto, um menininho amputado até o ombro, três anos, boneca de cera anestesiada com clorofórmio. O garotinho faz parte de um comboio de crianças feridas que chegou de Berlim na véspera. Falta uma meia dúzia para tratar depois dele.

À noite, na cozinha onde agora trabalham aldeãs de Steinhöring, ela verifica os estoques disponíveis para as refeições das crianças no dia seguinte. Tomada por uma vertigem, quer se servir um copo de água e o derruba. Sente os olhos cheios de lágrimas, inundação súbita. Aperta seus cantos com o polegar e indicador esquerdos, virando-se. Mesmo assim, continuam lacrimejando, ela se enxuga com os dedos e com a manga esquerda. Endireita-se. Sempre de costas, diz com voz neutra que não vê onde estão os vinte quilos de batatas que deviam restar. É uma voz de homem que responde:

— *Fünfzig* quilos, cinquenta! E cem litros de leite fresco! Ela se vira, com olhar severo para disfarçar os olhos vermelhos. É o barão Otto von Feury, quarenta e poucos anos, rosto doce e redondo, em quem até as espessas sobrancelhas pretas parecem sorrir. Carrega um enorme saco de juta que provavelmente contém batatas e, no ombro, duas aves decapitadas e desplumadas, presas pelas patas com um barbante.

Desde que os americanos invadiram o Heim, ele percorre os campos, tentando convencer camponeses desconfiados a ceder leite e batatas para alimentar órfãos suspeitos. Os camponeses não gostavam das mães e não poupam os filhos. Apesar de tudo, o barão consegue convencê-los. Nunca volta de mãos vazias. Os americanos lhe deixaram o carro e até lhe dão gasolina.

Ele põe o saco no chão. Depois, com um gesto alegre, joga as aves no escorredor de aço da pia. Barulho da carne nua sobre o metal. Helga faz uma careta de dor. A carne, o metal, o bracinho, o corpo mutilado da criança, corpo em pedaços. O corpo de Jürgen, aberto, amputado. Pássaros decapitados. As mãos de Helga voltam a tremer, nas pontas dos dedos, asas desvairadas, a testa e o lábio superior porejam, as luzes que cortam a penumbra da cozinha se tornam ofuscantes. Ela se afasta, com a boca entreaberta, cambaleando, olhos em pânico. Não ouve que a chamam, "Schwester Helga", não ouve mais nada. Perde-se no corredor. Enfia-se num quarto desocupado, era o de Frau Geertrui e Jürgen. Cheiro de leite derramado, de poeira. De túmulo.

Diário da Schwester Helga

Heim Hochland, 18 de maio

Gott sei Dank, *graças a Deus, há um homem que nos ajuda a alimentar todos os nossos pequenos infelizes, um barão que mora a alguns quilômetros de Steinhöring. Ele gosta das crianças, dá para ver, lembra um pouco o nosso Reichsführer, mas sem o lado militar, sem os discursos.*

A mãe dele é judia, certa Ida von Irsch, família de banqueiros, claro, mas convertida ao catolicismo no século XIX. Dizem que Ida von Irsch foi realocada para Theresienstadt, não se sabe se continua lá, mas se sabe que o irmão do barão — um homem idoso — morreu lá. O barão, por sua vez, não foi incomodado desde o início da guerra, permaneceu em sua propriedade de Thailing. Prova de que eram deixadas tranquilas as pessoas de qualidade que contribuíam para o bem-estar alemão, mesmo os Mischlinge *de primeiro grau. Prova também de que os rumores sobre o destino reservado aos* Mischlinge *talvez não sejam fundamentados, e para mim é um alívio, pois nunca me senti bem ouvindo todas aquelas histórias, nunca aprovei a maneira como, ao que parece, as pessoas eram tratadas, mesmo judeus. Ninguém merece isso. Já não basta fazê-los sair do país, pura e simplesmente? Deixá-los viver em outro lugar, longe. Mas na certa há exagero em tudo isso que dizem. Chego a rezar para que seja assim. De qualquer modo, o que eu poderia fazer? A não ser cuidar e curar sempre. Só cumpri meu dever, cuidando das mães solteiras e sempre correta, tomando conta de filhos ilegítimos e sempre virgem.*

Heim Hochland, 23 de maio

Nos jornais, estão dizendo coisas horríveis sobre nós. A gente não encontra jornais alemães, mas o doutor Kleinle me emprestou uma revista americana esquecida por um soldado. Lá falam de babyfactories, *fábricas de bebês, de* Nazi-bastards grown pigfat, *bastardos nazistas engordados como porcos! Mingau de aveia, sol e atenção em demasia! Crianças que não têm pai nem mãe além do finado Estado nazista, escrevem. E superalimentadas por* Nazi-nurses, *enfermeiras nazistas. Os* superbabies *que Heinrich Himmler incentivava seus SS a produzir em grande número. Mas o que foi que essas pobres crianças fizeram, a não ser nascer e chorar, a maioria longe da mãe, quase todas sem pai?*

Nada foi poupado. Tudo o que era bonito ficou medonho. Tudo o que eu amava ficou sujo. Estou afogada em toda essa feiura. Feia. Eu, que era orgulhosa e forte. Gott sei Dank, *não tenho tempo de me olhar no espelho. Nem de pensar.*

An die Arbeit. *Ao trabalho.*

Heim Hochland, 24 de maio

Jürgen está melhor assim, morto de morte misericordiosa, pobrezinho, não feito para a vida; mas a maneira, arrancá-lo assim da mãe, nem mesmo devolver os restos mortais, o corpinho morto, seu pó, a maneira, nein, *não posso dizer que foi boa.*

Não existe o bem de um lado, o mal do outro, existem longos escorregões dos quais a gente não se levanta, e passagens às vezes imperceptíveis de um para outro. Quando a gente percebe, já é tarde demais.

Essa questão me obceca, retorna com formas sempre novas, como se fosse infinita. Escolhemos o mal ou é ele que nos escolhe? Eu era boa, mas não estava do lado bom?

Todos nós não acreditamos estar do lado da luz?

Eu poderia ter salvado Jürgen? Como, como, como, eu não poderia. Eu não poderia.

Heim Hochland, 25 de maio

Chegada de uns trinta órfãos judeus, crianças que vêm dos campos de trabalho. É o que diz o doutor Kleinle. Um pouco maiores que as do Heim, entre quatro e dez anos. Elas nos ajudam a cuidar dos bebês. Entre elas, um recém-nascido, um menino bem pequeno, magrinho, de pele enrugada, a pele de velho dos bebês que perderam muito peso nas primeiras semanas de vida. Vinha carregado por uma menina de nove anos, que não sabe nada sobre ele, encontrou-o embrulhado num cobertor no fundo da caminhonete que os trouxe aqui. Ele não chorava. Não tem nome. Eu o chamo Kätzchen.* *Quando tenho um pouco de tempo, sou eu que lhe dou mamadeira, vamos avançando centilitro por centilitro, porque ele tem dificuldade para mamar. Lembra-me um pouco Jürgen, só que a dificuldade deste bebê é por causa do estômago retraído. Todos os recém-nascidos me lembram Jürgen, até os mais gulosos. Todos se parecem. Mais um bebê sem nome e sem pais. Mais um que se parece com todos os outros e que ninguém nunca encontrará.*

---

* Gatinho.

Heim Hochland, 26 de maio

O Reichsführer se suicidou!
Com a covardia dos homens nos quais censurava a atitude não "cavaleiresca". Onde está afinal essa coragem que ele exigia do povo e das mulheres que atendíamos?

Do caderno, Helga tira o envelope e a folha na qual, como encantadora Schwester de Grasberg, ela causa ótima impressão. Tira do armário que era de Adelheid o isqueiro esquecido. Na pia, queima a folha e o envelope. Nada mais que uma chama crescendo, o papel escurecendo se enroscando diminuindo desaparecendo. Depois segura o caderno inteiro acima do isqueiro. A chama sobe tanto que Helga fica com medo. Será que vai subir até o teto, lamber as paredes, queimar o Heim? Grande, grande, diminui. Fumaça. Montinho preto. Ela tosse. Abre a torneira. Água, água clara sobre o esmalte branco da pia, e as cinzas se tornam pastosas. Ah, essas cinzas, todas essas cinzas, por todo lado. No parque ainda há cinzas entre as folhas mortas do último inverno. Restam fragmentos de cartas e fichas ainda legíveis, palavras, nomes, vidas, datas. Que é preciso desgrudar das solas. Debaixo da água, ela quer lavar as manchas carbonizadas, espalha-as no esmalte, tem cinzas coladas nos dedos, não adianta esfregar as mãos, sempre sobram cinzas. Enxuga os dedos no avental branco, deixa nele largos traços cinzentos.

"Wir haben eine weisse Weste", murmura, espalhando no algodão engomado a poeira e a lama das cinzas e toda a sujeira do mundo.

Tira o avental, joga-o num canto.

Lava as mãos, as unhas, a pele, para arrancar o que resta de nódoas. Seus dedos arranham com todas as forças o dorso e a palma da mão, irrita até arrancar sangue de uma pele rachada, já fragilizada pelo desinfetante.

Renée

Marek Nowak está com Arne nos braços. Fala demoradamente com Renée, ela não entende o que ele diz, na realidade não está prestando atenção, no fim só ouve que ele lhe deseja boa sorte e coragem em francês. Acaricia a cabeça do menininho e, com a polpa do polegar, faz um sinal da cruz na testa dele; a criança tenta agarrar sua mão. Então Marek o devolve à mãe. Mais um olhar e se afasta, com as costas sempre encurvadas por causa das dores de estômago. É pele e osso, tem um andar trôpego. Renée, de olhos secos, relembra o momento em que Artur Feuerbach partiu, o barulho da porta se fechando, os passos na escada. Tudo o que veio depois. Dois homens diferentes, circunstâncias que não têm nada a ver, no entanto os momentos se sobrepõem numa temporalidade difusa, subvertida, feita de impressões vagas e de *déjà-vu*. Como se todas as infelicidades, todos os homens, todos os abandonos se assemelhassem e se perdessem numa tristeza idêntica. No mesmo nada.

Faz quinze dias que convive com ele, alguns meses que entreviu sua silhueta descarnada, eles não trocaram três frases completas, mas eis que a partida desse quase estranho, desse homem de cheiro doentio que a incomoda, parece-lhe uma traição a mais. A infelicidade e a solidão conferem aos contatos mais fugazes uma profundidade que a felicidade não conhece. E uma importância que torna insuportável o seu desaparecimento.

Ela ainda está lá fora, ele já desapareceu. Ela cospe no chão. Uma mancha úmida na poeira.

Eles nunca voltam.

Ela entra no Heim.

No quarto que agora ocupa sozinha, tira da gaveta uma fita larga, um cinto fino de couro, que ela enfia no bolso do vestido. Um envelope, que tem no verso: *A Arne, quando tiver doze anos.* Coloca o filho no berço. Põe a carta aos pés dele. O pequeno balbucia. Ri.

Uma última carícia, sua mão passa ao longo da têmpora e da bochecha fofa do filho.

Lá fora, grande céu azul.

Um último olhar.

Sai.

Fora fora fora

EPÍLOGO

Kloster Indersdorf, 23 de novembro de 1945

Esse homem. Voltando de outra vida. Helga puxa pela memória. Um homem encontrado de passagem, mas era um dia importante, o dia da chegada dos americanos. Ela passa um bom tempo, perdida nas lembranças, sem conseguir situá-lo exatamente.

Um polonês do campo de concentração. Escondido no parque do Heim, quando os outros prisioneiros foram levados a Dachau. Não conseguia comer, disso ela se lembra. Todos morriam de fome, inclusive crianças, e esse homem esvaziava por todos os orifícios o pouco que lhe davam. Esquelético, no entanto incapaz de reter no corpo o que quer que fosse. Envergonhada, ela se lembra de ter pensado: *Que desperdício, que coisa errada dar a ele essa comida que se perde, enquanto as crianças estão precisando.* Foi instalado num colchão, num dos escritórios. Ela se lembra de que lhe levou lençóis limpos e, depois, o esqueceu. De que o esqueceu ou nunca soube por onde ele andava nem quando tinha saído do Heim. De que não pensou mais nele uma única vez. Ele tinha se perdido, no meio de todas as coisas extraordinárias, de todos os rostos de passagem, de todas as reviravoltas daqueles dias.

Marek. Marek, o nome dele. O sobrenome ela já não sabe.

Mas menos magro e menos velho. Por isso não o reconheceu logo. Sim, rejuvenesceu. Mais novo e mais triste. Uma tristeza que lhe come o olhar.

Ela o cumprimenta, chama-o pelo nome, Marek, indaga as razões de sua volta. Ele lhe diz então que perdeu a mulher em Auschwitz, e também o filho que ele nunca viu. Voz emocionada. Pergunta se Renée, a moça francesa, continua lá. Helga hesita.

— Frau Renée não veio conosco para Indersdorf.

— Voltou para a França, então? Eu achava que ela não queria voltar para lá nunca mais.

— Ela partiu. — Depois: — Morreu.

Helga não consegue dizer "Ela se matou". Aperta os olhos um instante.

O corpo leve da mulher tão jovem, pendurado com corda de varal num carvalho, do outro lado do lago. Membros pendentes, rosto abaixado.

Pequeno rosto cianótico, olhos injetados de sangue, o verde das íris quase fosforescente. Pálpebras abertas para o chão. Gotinhas de sangue nas mãos, caídas das narinas. E sangue seco, escorrido entre as pernas, nos sapatos. E sangue na relva, misturado ao orvalho.

Foi uma das salesianas que a encontrou e se pôs a rezar, a murmurar alguma coisa sobre uma casa do pecado e do diabo.

Vendo Helga chorar, Marek Nowak passa a mão em seus cabelos, como se faz a uma criança. Às vezes ela se esquece de que é jovem também, um pouco mais velha que Renée. Ele não chora, sua expressão não é nem mais nem menos triste do que já era.

— Gostaria de tê-la reencontrado — diz apenas, como se se tratasse de um desencontro, nada mais. Mas, também, o que podia ser para ele aquela menina vista durante alguns dias, duas solidões no mesmo lugar, no mesmo momento? Não muita coisa. Uma solidão irmã que, no desastre geral, lhe fazia falta.

Ele então pergunta onde está Arne. Ela lhe faz sinal para segui-la. O pequeno Arne está no berçário. Está lá, entre tantas outras crianças, que se parecem tanto. Está brincando com os pés. É bonito, os cabelos que começam a crescer são ruivos como os de Renée, e os olhos, por enquanto, são de um azul-claro com um toque acastanhado. Quando Helga se aproxima, ele começa a chorar.

— *So so, still still* — diz ela. — *Es ist alles gut mein Schatz.**
E se volta para Marek:

— Muitas crianças nossas têm atraso para se sentar, se levantar, andar e, depois, para falar. Não temos muito tempo para incentivar. Como Arne. No entanto, era um bebê tão vivo e alegre quando Frau Renée estava com ele...

Pois Arne, que já havia conseguido virar o corpo sozinho mais depressa que os outros bebês, ainda não consegue se sentar. No entanto, Helga cuida dele pessoalmente um pouco a cada dia. Ou a cada dois dias. A cada dois ou três

---

* Calma, calma. Está tudo bem, meu amor.

dias. É tanto o trabalho, e às vezes, quando ela chega perto dele, ele já está dormindo, então ela não o toca e o deixa dormir.

— Os bebês que chegaram maiores muitas vezes se saem melhor.

Nos braços dela, Arne para de chorar. Marek lhe acaricia a face e fala com ele em polonês. Pergunta se pode embalá--lo. E Helga lhe responde que sim, claro. Deixa-os e volta para a enfermaria.

Quando passa de novo pela sala, duas horas depois, Marek Nowak ainda está ali. Sentado numa cadeira, segura o menino adormecido. Canta baixinho uma canção de ninar em polonês, enquanto, ao seu redor, muitas crianças choram sem que ninguém olhe, mas ele parece não ouvir. Levanta os olhos para ela:

— Tem notícia do pai?

Ela ri calorosamente:

— Continuo esperando que algum pai dessas crianças volte. Às vezes uma ou outra mãe. Mas eu nunca vi nenhum pai vir procurar o filho. Nem quando algumas mulheres ainda estavam aqui.

Helga se cala, depois abre a boca, como que para acrescentar alguma coisa. Não diz mais nada. Pensa em todos aqueles "padrinhos" que juravam tantas coisas com grande pompa durante as Bênçãos do Nome. Esses também desapareceram. Marek acaricia com o polegar a bochecha de Arne, que está adormecido:

— Eu gostaria de adotar este aqui. Não agora. Preciso me arranjar. Mas vou voltar para pegá-lo. É possível?

Silêncio.

— Vou ver o que se pode fazer. — Acrescenta: — Não vejo quem poderia recusar.

Silêncio. Depois:

— Essas crianças. Ninguém quer.

Filho nascido numa maternidade nazista, de uma adolescente francesa que se suicidou e um oficial de dezoito anos que partiu para o *front*, de quem se continua sem notícias. O homem acaricia a têmpora do pequeno, e ela o vê sorrir, é a primeira vez, tem certeza de ainda não ter visto aquele sorriso, porque é do tipo que não se esquece, largo e um pouco torto no lado direito, para o qual sua face se arca. Ela diz:

— Frau Renée deixou uma carta para o filho. O envelope nem estava fechado. É uma carta, difícil. Mas talvez seja preciso lhe dar um dia.

Helga passa a mão esquerda no rosto, como se quisesse lavá-lo a seco:

— Vou lhe mostrar. No meu escritório.

Ele pega o envelope. Caligrafia miúda e apertada, quase estrangulada. Uma mancha de tinta, como as que as crianças fazem. Uma impressão digital, o indicador provavelmente. Marek tem um esgar doloroso:

— Essa caligrafia dói um pouco de ver, não sei por quê, você não acha?

Helga olha, não sente nada. É só uma caligrafia de criança pouco cuidadosa.

— Talvez, mas deveria ter continuado viva por Arne, e o abandonou.

Meu filho,

Teu pai se chama Artur Feuerbach, ele é de Berlim. Dele não me resta nada. Rasguei a única carta que recebi dele, aquela em que ele me mandou para uma maternidade SS na França. Sem me deixar nenhum endereço pessoal, nada que me permitisse um dia o encontrar, a ele ou aos pais, ou a esperança de um abrigo depois da guerra, algo impossível na minha casa.

Teus avós maternos são de Bretteville-sur-Odon, e eu carrego o sobrenome deles, que renego. Eles não te receberão.

Você é um órfão da guerra e do ódio. Não tenha piedade de ninguém, porque ninguém teve piedade de mim. Ninguém também vai ter piedade de você. Meu filho, me vingue.

Me vingue do teu pai que abusou de mim, o desespero dele não era desculpa suficiente. Ele me abandonou. E te abandonou também.

Me vingue do teu pai, de todos os homens, me vingue dos alemães e dos franceses. Me vingue das mulheres, principalmente, não poupe nenhuma.

Nos vingue.

Tua mãe, para sempre

— Só me dê um pouco de tempo, Schwester. Cuide bem dessa criança, cuide dele para mim. Vou voltar para buscá-lo depressa, fico com esta carta para quando ele tiver doze anos.

Silêncio, ele parece refletir.

— Talvez — suspira. — Vou lhe deixar o endereço da minha mãe, para as formalidades, não tenho mais casa. Quer dizer, tenho, a casa da minha mãe é onde cresci, continua sendo um pouco minha. Vou morar lá, enquanto isso. Muito tempo, provavelmente. Minha mãe precisa de mim e vai me ajudar com o menino, tenho certeza. Ela vai ficar tão feliz. Perdeu meus dois irmãos mais novos, sabe — ele aperta os lábios. — Treblinka.

Silêncio.

Como ele é bonito. Lembra Renée, não acha? Os olhos, incrível, os olhos dela. O cabelo. É ela, não?

Marek sorri. Acaricia a cabecinha, sobre o braço de Helga. Acaricia uma face, e a criança também sorri, tenta segurar o pulso dele com as mãozinhas.

Ah, deixe-me pegá-lo agora, Schwester Helga.

Sinto que já o amo.

Bibliografia

Arquivos de Arolsen.

ANDLAUER, Anna. *The Rage to Live. The International D. P. Children's Center Kloster Indersdorf 1945-46*. Charleston: [s. n.], 2013.

BAUMANN, Angelika; HEUSLER, Andreas (org.). *Kinder für den Führer. Der Lebensborn in München*. Munique: Franz Schiermeier Verlag, 2013.

BRYANT, Thomas. *Himmlers Kinder. Zur Geschichte der SS-Organisation "Lebensborn e. V." 1935-1945*. Wiesbaden: Marix Verlag, 2013.

HAARER, Johanna. *Die Deutsche Mutter und ihr erstes Kind*. Munique e Berlim: Lehmanns Verlag, 1941.

HILLEL, Marc. *Au nom de la race*. Paris: Fayard, 1975.

KARSKI, Jan. *Mon témoignage devant le monde. Histoire d'un État clandestin*. Paris: Robert Laffont, 2010.

KOÖP, Volker. *Dem Führer ein Kind Schenken: Die SS-Organisation "Lebensborn e. V."* Colônia: Böhlau, 2007.

LESZCZYŃSKA, Stanisława. A Midwife's Report from Auschwitz. *Medical Review – Auschwitz*, 2018.

LILIENTHAL, Georg. *Der "Lebensborn e. V.": Ein Instrument nationalsozialistischer Rassenpolitik*, Frankfurt: Fischer, 2008.

SCHMITZ-KÖSTER, Dorothee. *"Deutsche Mutter, bist do bereit...": Der Lebensborn und seine Kinder*. Berlim, Aufbau, 2011.

THIOLAY, Boris. *Lebensborn, la Fabrique des enfants parfaits: Enquête sur ces Français nés dans les maternités SS*. Paris: Flammarion, 2012.

VON OELHAFEN, Ingrid; TATE, Tim. *Hitler's Forgotten Children: My Life inside the Lebensborn*. Londres: Elliott and Thompson Limited, 2015.

Agradecimentos

Obrigada à editora Gallimard e a Antoine Gallimard por acolher este romance na mítica NRF. Obrigada também a Karina Hocine e a Charlotte von Essen, que acompanharam sua publicação. A Stéfanie Delestré, editora de *Manger Bambi*, na coleção La Noire, que acompanhou de perto sua elaboração; sou-lhe muito grata.

Em especial, faço questão de expressar minha gratidão a Hervé Albertazzi: suas leituras sem complacência, mas também seu apoio infalível, me possibilitaram melhorar consideravelmente este texto.

Pela leitura amiga, pela amizade, pelo conhecimento da língua alemã, ou os três ao mesmo tempo, agradeço de todo o coração a Daniel Grojnowski (meu leitor há mais de vinte anos), a Alain Berenboom, Laurent Liénart, Arnaud Hay, Manfred Peters, Frédéric Ronsse e Caroline Sintès. Por fim, agradeço a Christian Ingrao, especialista em história nazista, por suas observações preciosas.

Este livro foi composto na tipografia Adobe Garamond Pro,
em corpo 12/16, e impresso em
papel off-white no Sistema Cameron da
Divisão Gráfica da Distribuidora Record.